截句雅和詩選

斷章的另一種可能

寧靜海、漫漁 主編

【總序】
不忘初心

李瑞騰

　　一些寫詩的人集結成為一個團體，是為「詩社」。「一些」是多少？沒有一個地方有規範；寫詩的人簡稱「詩人」，沒有證照，當然更不是一種職業；集結是一個什麼樣的概念？通常是有人起心動念，時機成熟就發起了，找一些朋友來參加，他們之間或有情誼，也可能理念相近，可以互相切磋詩藝，有時聚會聊天，東家長西家短的，然後他們可能會想辦一份詩刊，作為公共平臺，發表詩或者關於詩的意見，也開放給非社員投稿；看不順眼，或聽不下去，就可能論爭，有單挑，有打群架，總之熱鬧滾滾。

　　作為一個團體，詩社可能會有組織章程、同仁公約等，但也可能什麼都沒有，很多事說說也就決定了。因此就有人說，這是剛性的，那是柔性的；依我看，詩人的團體，都是柔性的，當然程度是會有所差別的。

　　「臺灣詩學季刊雜誌社」看起來是「雜誌社」，但其實是「詩社」，一開始辦了一個詩刊《臺灣詩學季刊》

（出了四十期），後來多發展出《吹鼓吹詩論壇》，原來的那個季刊就轉型成《臺灣詩學學刊》。我曾說，這一社兩刊的形態，在臺灣是沒有過的；這幾年，又致力於圖書出版，包括同仁詩集、選集、截句系列、詩論叢等，迄今已出版超過百本了。

根據白靈提供的資料，2021年有6本書出版（另有蘇紹連創立主編的吹鼓吹詩人叢書兩本，不計在內），包括截句詩系、同仁詩叢、臺灣詩學論叢，各有二本，略述如下：

截句推行幾年，已往境外擴展，往更年輕的世代扎根，也更日常化、生活化了。今年有二本：一是《斷章的另一種可能——截句雅和詩選》，由寧靜海・漫漁主編；一是白靈主編的《疫世界——2020～2021臉書截句選》。

「同仁詩叢」有蘇家立《詩人大擺爛》，自嘲嘲人，以雜文筆法面對詩壇及社會，暗含一種孤傲的情緒。另有白靈《瘟神占領的城市》，除了寫愛在瘟疫蔓延時，行旅各地的寫作，或長或短，皆極深刻；有一些詩作，有畫有影相伴；最值得注意的是原稿檔案，像行動藝術，詩人把詩完成的過程向讀者展示。兩本詩集，我各擬十問，讓作者回答，盼能幫助讀者更清楚認識詩人及其詩作。

「臺灣詩學詩論叢」，有同仁陳鴻逸的《海洋・歷史與生命凝視》，活躍於吹鼓吹詩論壇的這位青年學者，勤

於筆耕，有詩文本細讀能力，亦擅組構綿密論述文本，特能進出詩人的詩世界。而來自香港的余境熹，以《五行裡的世界史──白靈新詩演義》獻給臺灣讀者，演義的真工夫是披文以入情，詩質之掌握是第一要義。

詩之為藝，語言是關鍵，從里巷歌謠之俚俗與迴環復沓，到講究聲律的「欲使宮羽相變，低昂互節，若前有浮聲，則後須切響」（《宋書·謝靈運傳論》），是詩人的素養和能力；一但集結成社，團隊的力量就必須凝聚，至於把力量放在哪裡？怎麼去運作？共識很重要，那正是集體的智慧。

臺灣詩學季刊社永不忘初心，不執著於一端，在應行可行之事務上，全力以赴。

【書序】
〈你唱罷　我登場〉
——facebook詩論壇截句雅和
　之觀察

寧靜海

　　回顧2017年初蕭蕭老師和白靈老師在【facebook詩論壇】壇倡導最多四行的截句詩，因行數少成詩容易，迅速獲得海內外許多愛詩同好的踴躍支持，自此每日都有人在詩論壇平臺張貼截句，至今未歇。facebook詩論壇推廣截句詩寫以來，從個人的自由詩寫、主題式競寫，到你寫我讀的「截句解讀」（註1），乃至贈答、應和的「截句雅和」，《斷章的另一種可能・截句雅和詩選》的出版即為截句詩推廣第五年的一個里程碑。

　　2021年臺灣詩學季刊社與吹鼓吹詩論壇在facebook詩論壇合辦舉行兩個回合的「截句雅和」競寫（註2），除將優勝佳作分別刊登於第45期、第46期《吹鼓吹詩論壇》詩刊上，更以集結出版專書為目標。一首首經由閱讀他人之作所激發的雅和截句詩作，為2021年的facebook詩論壇平臺掀起整個上半年的詩寫熱度，遞延出另一種樣貌的截

句詩寫精神。承蒙白靈老師厚愛之託付，由我和另一同仁漫漁共同肩負起截句雅和詩選的選編任務。我們從積累數百首的截句雅和之作搜尋、審理，感受到截句詩在雅和過程中時而端莊嚴肅，時而逗趣詼諧的共鳴，足證雅和獨特的書寫魅力。

　　《斷章的另一種可能・截句雅和詩選》是臺灣第一本由諸家合力在截句詩的基礎上以詩雅和詩的專書，分為六個專輯，共計收錄300首「截句雅和」作品。除了從兩個回合競寫脫穎而出的優作，更蒐羅自2017年至2021年facebook詩論壇優秀的截句雅和之作，並邀請詩社同仁參與詩寫雅和。一～四行的截句詩始終是最容易引人靈動思句，當詩論壇向外廣徵詩稿參與競寫時，第一回合競寫立即吸引眾多愛詩人的參與，一首接著一首的雅和之作如雪片紛杳而至，截稿之日竟累積722首，續推進到第二回合競寫時，來稿數雖不若第一回合熱烈，也還有466首作品參賽較勁。

　　我們為《斷章的另一種可能・截句雅和詩選》收錄300首雅和之作，規劃六個專輯：【輯一】筆墨相親，收錄20首競寫優勝；【輯二】意氣相投，收錄20首競寫佳作，此二輯都是從兩個回合競寫脫穎而出獲獎的雅和好作。【輯三】惺惺相惜，從兩個回合競寫入圍未得獎120首中再次篩選出30首遺珠之作；【輯四】以禮相待，嚴選

自facebook詩論壇平日投稿雅和之作85首；【輯五】相輔相成，收錄臺灣詩學‧吹鼓吹詩論壇同仁響應雅和之作40首；【輯六】傾蓋相逢，從facebook詩論壇選出不同「主題」系列之集創雅和聯作105首。

　　facebook詩論壇裡最堅持的精彩是——詩作；最生動的交流是——留言；最美麗的風景是——愛詩的人。承蒙世界各地的詩友們愛護，日日書寫不懈，夜夜努力投稿，以詩文相和，以詩心相挺。感謝蘇紹連老師在臉書建立【facebook詩論壇】投稿平臺，感謝白靈老師引領截句詩寫，逐年策畫各種主題或形式的截句詩競寫，鼓勵新手勇於嘗試詩寫創作，經由不同形式的變化，詩寫手也一再精進詩藝。

　　有人寫詩，有人讀詩，與之雅和，乃至聯作集創為寫詩增添更多的可能性，是何等美好的事。在不偏離被雅和之原截句詩意，雅和便是一種共鳴。希望透過這本「截句雅和詩選」展現截句詩的豐富性，讓更多人喜歡寫詩、讀詩，以詩交流，豐收更多元的表現方式。日後的facebook詩論壇仍繼續秉持初心，為每一位愛詩人服務，讓讀詩、寫詩以及雅和一起在生活裡發光。

——寫於2021.07.01，觀音

註1：「臺灣詩學‧facebook詩論壇」推廣截句詩寫例年詩選書目——
　　　2017年12月1日出版《臺灣詩學截句選300首》
　　　2018年12月11日出版《魚跳：2018臉書截句選300首》
　　　2019年11月21日出版《淘氣書寫與帥氣閱讀：截句解讀一百篇》
　　　2020年2月21日出版《不枯萎的鐘聲：2019年臉書截句選》

註2：「臺灣詩學‧facebook詩論壇」兩個回合的「截句雅和」競寫
　　　徵件——
　　　　　第一回合臺灣詩學「截句雅和」競寫，徵稿時間為2021年2月
　　　2日起～3月3日止。
　　　　　第二回合臺灣詩學「截句雅和」競寫，徵稿時間為2021年5月
　　　5日起～6月6日止。

【編者簡介】

寧靜海，窩居在離海很近的地方。私以為詩需要靈魂，一種態度的表達，絕非耽美的煽情或不知所云的抽象。日常喜於透過詩的書寫與閱讀感受生活，愛自己的一切。出版過詩集，作品散見於報章詩刊，現為臺灣詩學、野薑花詩社同仁。

目　次

輯一｜筆墨相親

第一回合競寫優勝

輯二｜意氣相投

第一回合競寫佳作

^輯三 ｜惺惺相惜

第一回合入圍嚴選

第二回合入圍嚴選

輯四｜以禮相待

facebook詩論壇精選

輯五｜相輔相成

臺灣詩學詩社同仁賜稿

輯六｜傾蓋相逢

facebook詩論壇聯作優選

筆墨相親

第一回合競寫優勝

〈老家〉
──雅和劉梅玉同題詩

■無花

挖土機敲過幾次
時間的窄門
只是母親的心油漆未乾
父親把他的遺照掛得更高

【原截句詩】〈老家〉

■劉梅玉

荒蕪了17年的門
我費力地將灰塵打開
裡面的陰影還在
但有些已經老成光的模樣

　　　　　　──選自《臺灣詩學截句選300首》，頁229。

〈回家〉
──雅和葉莎〈不悔〉

■江美慧

許多窗亮自月娘
家鄉都直了
忘記蜿蜒的河
成為童年，漲了

【原截句詩】〈不悔〉

■葉莎

許多樹暗自星星
身子都歪了
不肯傾斜的人
成為湖泊，靜了

──選自葉莎《幻所幻截句》，頁127。

〈晨喚〉
──雅和露珠兒同題詩

■ 忍星

霧，丈量了窗的規矩
規矩被陽光畫破
丟進一落鳥聲
我的春夢立刻甦醒

【原截句詩】〈晨喚〉

■ 露珠兒

我靜坐風林讀鳥的啁啾
啁啾的喧嘩輕啄寂寞
寂寞是雀鳥移走的風景

──選自《臺灣詩學截句選300首》，頁30。

〈老夫老妻老是掉牙的日常〉
——雅和邱逸華〈疫情時代新婚夫妻的蜜月〉

■建德

從雙人枕邊裂開的溝壑

一隻隻跨不過彼此的夢的綿羊殉葬

而他們又持續在餐桌上

夾起同碗的餘生

【原截句詩】〈疫情時代新婚夫妻的蜜月〉

■邱逸華

從地球儀的A至B點

畫出一條夢想的性感帶

而他們只能空躺在雲端上

探著現實的G點

——選自2021年5月30日facebook詩論壇

〈母親當鋪〉
——雅和白靈〈樹木銀行〉

■邱逸華

每個母親都是一間當鋪
兒女的丈夫的，餐桌的床褥的
抒情的論辯的填空的計算的

當票，是刻在心上隨時合——券的一串愛

【原截句詩】〈樹木銀行〉

■白靈

每株樹都是一座銀行
葉子的花的，種子的蟲子的
蟬的風聲的雨滴的樹影的

木在天地間，於我的胸膛上敞開

——選自2017年7月13日facebook詩論壇

〈你擱淺過我的海灘〉
──雅和無花〈你睡過我的臥房〉

■邱逸華

潮汐自在漲退
交接月光的浴場與欲念疲軟的淺灘

一頭鯨推走我夢的尾音
深海裡回吐有霧的垃圾話

【原截句詩】〈你睡過我的臥房〉

■無花

鬧鐘依約甦醒
重新上緊太陽和月光之間的重力

房內塵埃睡了幾夜夢話
與海浪捲走的濤聲無關

──選自2021年2月20日facebook詩論壇

〈詩是一絲絲飛落的雨聲〉
——雅和白靈〈櫻花是一朵朵散掉的鐘聲〉

■林佩姬

雨大多枯萎在玻璃窗上

詩較濕潤，你看它一句

一句晶亮滑下，輕落你的心扉

每一句都是沉溺靈魂的雨聲

【原截句詩】〈櫻花是一朵朵散掉的鐘聲〉
——「誰能製作一口鐘，敲回已逝的時光？」
　　（狄更斯）

■白靈

花大多枯萎在樹上

櫻較乾脆，你聽它一朵

一朵跳下，重擊地球臉皮

每一朵都是緩慢枯萎的鐘聲

——選自《放肆詩社截句選》，頁27。

〈緬甸萬人送葬聯想〉
──雅和緬華王崇喜〈仰光街角隨想〉

■無花

我到過，你蔥綠的夢和原鄉
從魚口中刺探茵萊湖水位是否如昔
仰光街頭人潮比槍桿善良多了，如果
禿鷹不是以神的視角碾壓螻蟻

【原截句詩】〈仰光街角隨想〉

■王崇喜

滿城的灰鴿子與黑鴉無數
街角，貪婪的爪姿與嘴殼隱約暴露
追尾的麻雀善良多了，它們只愛
啄那菩提樹下的稻穗和流浪漢的鼾聲

──選自《緬華截句選》，頁50。

〈退休後〉
——雅和蕭蕭〈退休日〉

■劉驊

時針長出白髮

分針藏不住魚尾紋

秒針整天嘮　嘮　叨　叨

誰來修理時間

【原截句詩】〈退休日〉

■蕭蕭

箭射過來的那一刻

作為靶的我一點也沒有迎上前去的念頭

昨夜吐落的口香糖有些黏性又不太黏

有些甜味又算不上甜

　　　　　　——選自《魚跳・2018臉書截句選300首》，頁184。

第二回合競寫優勝

〈傳燈〉
——雅和明月〈祝福〉

■澤榆

心，蓮心，藏一把火
血脈，燃成一條無盡的河

肉體湮滅後，禱聲是船
身前身後的故事，將夜吹動

【原截句詩】〈祝福〉

■明月

那日，告別式佛號
我把心事安釘在棺木

窗外浮漂的荷葉，搖晃
如煙往事，納入幸福存摺

——選自2021年5月3日facebook詩論壇

〈晾衫〉
──雅和無花〈晾衫〉

■忍星

吸飽了陽光，日子
一件一件乾透
再濕的回憶也乖乖蒸散
收好溫馨，疊好日子。

【原截句詩】〈晾衫〉

■無花

去掉水份的日子
乾的地方像鹹魚翻著
撐著夾著
不讓最緊的部分再掉落海

──選自2021年5月27日facebook詩論壇

〈逝去的年華〉
──雅和張威龍〈老巷〉

■劉騄

黃昏要夠老
巷子才有夢可尋
風是一縷縷遠去的故事
星子們百聽不厭

【原截句詩】〈老巷〉

■張威龍

風，舔去風華
故事，都在陽光下打盹
尋夢的遊客
踩碎了黃昏

──選自2017年6月7日 facebook詩論壇

〈我的心是一片激湧的海潮〉
——雅和蕓朵〈我的心是一片荒蕪的草原〉

■ 蔡知臻

遠望疫病肆虐的彼岸
喧囂與慌亂的音符毫無旋律的爆裂

觀我之地
恐慌從腳邊捲起的浪花侵略到你的意志

【原截句詩】〈我的心是一片荒蕪的草原〉

■ 蕓朵

瞧著你手中的汽水
情話綿綿連續不斷破裂的泡泡

叮囑你時
愛情已是一串媽媽的嘮叨綁在你的耳垂

——選自蕓朵《舞截句》，86頁。

〈白喝〉
──雅和邱逸華〈白吃〉

■ 姚于玲

像啤酒
在形成與破碎之間湧現
讓嗜夢的唇
保鮮

【原截句詩】〈白吃〉

■ 邱逸華

像豆腐
在溫柔與軟弱之間晃動
讓那些觀望者
乾煎

──選自2021年6月1日facebook詩論壇

〈翹翹板的兩端〉
——雅和風下鷹〈走鋼絲的小醜〉

■ 胡淑娟

學會浪漫
夢與蝶坐於翹翹板的兩端

夢越來越重
蝶只得輕輕飛起來

【原截句詩】〈走鋼絲的小醜〉

■ 風下鷹

學會觀天
揣測隱身烏雲的濕度

想走出黑暗
得先染黑自己

——選自2020年10月31日facebook詩論壇

〈六四〉
——雅和吳添楷〈歷史〉

■無花

今夜
再空蕩蕩的廣場
都會讓人
覺得好擠

【原截句詩】〈歷史〉

■吳添楷

總有一刻
會有陣風吹向人群
當他們的淚已乾
才發現，瞳孔曾被踩碎

——選自2017年3月28日facebook詩論壇

〈寫詩〉
──雅和薈朵同題詩

■黃士洲

不是我寫詩
是詩在寫我
字句尼采筆劃的光，點燃
馬遭鞭打，而悲鳴的影子

【原截句詩】〈寫詩〉

■薈朵

我的腦袋裡關著鬼怪神祇
每天放一隻出來走走
傍晚時，就釘在牆上
成了一首詩。

──選自《薈朵截句》，頁110。

〈啊，何以廢言〉
——雅和蕓朵同題詩

■ 蔡知臻

校正然後回歸的死去
你問時鐘何以讓時間倒轉

語言的戲弄如手上的玩物
從美人到日初的美好

【原截句詩】〈啊，何以廢言〉

■ 蕓朵

可能的疑問往往是逆向的
你問天空瀰漫的病毒何時死去

樹的末端站著一隻麻雀
從白天叫到了夜晚

——選自蕓朵《舞截句》，頁94。

〈畫一朵紅玫瑰的素材〉
——雅和卡夫〈玫瑰〉

■謝美智

願所有的擁抱都沒有針刺
你咬破每根時間的指尖
踏上未知的征旅，沿途
手繪一朵朵無害的玫瑰

【原截句詩】〈玫瑰〉

■卡夫

讓我緊抱著
身上就不再有刺
血流完了
心還是比你紅

————選自《臺灣詩學截句選300首》，頁46。

意氣相投

第一回合競寫佳作

〈父子〉
——雅和劉枝蓮〈母女〉

■無花

你教我走出你的眼睛
走出方言
走出你的腳，走出
鏡中你的晚年

【原截句詩】〈母女〉

■劉枝蓮

你教會我對鏡
我從鏡中走出
30歲50歲70歲
是你

——選自2017年4月7日facebook詩論壇

〈母親〉
——雅和蕭蕭〈文火〉

■語凡・新加坡

她以文火煮自己的青春
像風以小手輕拂他的髮絲
等時間到了香氣傳遍一整條老街
她在街角等候回家吃飯的歲月

【原截句詩】〈文火〉

■蕭蕭

微笑，不是微火
卻可以直燒到你的嘴角，你的後腦勺，你的心窩
又繞轉了回來
也不怕你訕笑也不要你降溫，那一把文火

——選自《蕭蕭截句》，頁135。

〈花苞的凝想〉
──雅和蕭蕭〈露珠的觀望〉

■李瘦馬

都已經熬過了刺骨的寒冬
杏樹的枝頭
開，還是不開
夜從來不替月兒決定亮還是不亮

【原截句詩】〈露珠的觀望〉

■蕭蕭

估計那時你已抵達
茶葉的葉尖
跳，還是不跳
風從來不為旗子決定響還是不響

──選自《蕭蕭截句》，頁56。

〈冰滴咖啡〉
──雅和邱逸華同題詩

■謝祥昇

瞳孔，燒成灰燼就不再炙熱
冷卻的流水黑白有聲
時間萃取一滴江河
櫥窗內，我們結束彼此的呻吟

【原截句詩】〈冰滴咖啡〉

■邱逸華

沸騰並非唯一救贖
她們示愛，慢而冷
滴破你黑色的夢
喚醒舌吻

──選自2021年1月23日facebook詩論壇

〈躺〉
——雅和木子〈坐〉

■ 澤榆

原諒我不支地躺成山河
飛出流淌的鳥聲烤過的蟬鳴
深存了一叢林逐日的夢
庇蔭仰望的人

【原截句詩】〈坐〉

■ 木子

待我慢慢地坐成一口鐘
便聽得那悠遠的聲音
在無邊際的天地之間
迴響

——選自2021年2月1日facebook詩論壇

〈雨天無傘〉
──記遙遠的雨傘運動
──雅和白靈〈冬夜觀星〉

■姚于玲

烏雲學起蜘蛛吐絲，撒落雨線

捆綁路人腳下的自由

被坑的街道說自己是擱淺的家

正是信念開始淋濕的時刻

註：雨傘運動，於2014年9月26日至12月15日在香港發生的一系列爭取
　　真普選的公民抗命運動。

【原截句詩】〈冬夜觀星〉

■白靈

夜抖擻一身大黑袍，掉下滿天星砂

遊天的雲都說自己是宇宙神仙魚

在雙腳止步的邊界

正是夢開始廣闊的地方

──選自2017年1月29日facebook詩論壇

〈風的嘆息〉
——雅和蘇紹連〈炭的嘆息〉

■姚于玲

吹走葉的青春

剪斷高放風箏追夢的手

長翼的沙，孵一座城的遷徙

現在，我聽見樓空的回音

【原截句詩】〈炭的嘆息〉

■蘇紹連

煙燻我的綠色前世

今生我竟如此漆黑

現在，我和已變灰、變白的囚服

一同躺在冷卻的爐子裡

——選自2017年2月1日facebook詩論壇

〈井〉
——雅和吳添楷〈資料庫〉

■林佩姬

把你藏在月亮
偷偷地仰望
我漸漸變成一口井
渴望收盡你所有的暖光

【原截句詩】〈資料庫〉

■吳添楷

把愛建檔於你的心中
偷偷不說
我漸漸變成數據
寫進有你的資料庫裡

——選自2017年3月21日facebook詩論壇

〈假裝清風〉
──雅和薹朵〈假裝是你〉

■默石

花粉軌跡的方向

風迷惑了，花粉非我

我非風，風卻誘惑了我

假裝乘著風跑遍世界

【原截句詩】〈假裝是你〉

■薹朵

跟蹤你的影子假裝是你

影子疊合──時，我隱藏自己

偷藏一顆心粉塵大小

假裝是你裝扮成葉下朝露的我

──選自《臺灣詩學截句選300首》，頁193。

〈睡不醒的春午〉
——雅和白靈〈睡不醒的秋午〉

■ 李瘦馬

春睡被暖，慵懶的掛鐘

說現在午後五點一刻

春睡正甜瞇著貓胭的眼

春是一朵蓓蕾，嘻嘩的女子走過

【原截句詩】〈睡不醒的秋午〉

■ 白靈

樹影如眠，彎彎過境窗櫺

曲折而下的落花下了註腳

語重心長的流水只遠遠行注目禮

秋是一朵檀香，層層包圍了昨天

——選自2019年7月31日facebook詩論壇

第二回合競寫佳作

〈小店〉
——雅和向明同題詩

■語凡・新加坡

你收藏的天涯已被我走成咫尺了
接下來應是一杯酒一碗飯香的事
我會在旅途的盡頭開一間小店
用你的名掛你的微笑讓疲憊的鞋落腳

【原截句詩】〈小店〉

■向明

有看炊煙的小店是旅人暫歇的家
那撲鼻的飯香，那招待的溫情
我們也該有座小店在路的盡頭了
囊中的口糧已罄，蹄鐵已經磨損

——選自《向明截句》，頁43。

〈誤解〉
──雅和胡淑娟的同題詩

■姚于玲

雨線縫補身上的刀痕

塞入陰影

靜候

月色驚醒沉睡的狼嚎

【原截句詩】〈誤解〉

■胡淑娟

被雨割傷的眼瞳

隔著玻璃

關不住

陽光裡短暫的幻覺

──選自2021年4月29日facebook詩論壇

〈徒留你燦爛記憶〉
──雅和宇軒〈你如一座海消失〉

■邱逸華

風將一座海吹進午後

那片久涸不雨的懸念

遊魚長回厚唇及發亮的鱗片

吐出記憶泡沫，透明刺目

【原截句詩】〈你如一座海消失〉

■宇軒‧馬來西亞

再沒有如魚的唇

夕陽早已遊很遠了吧

屋外透明的雨全收進傘

風想不起什麼繼續吹

　　　　　　──選自《魚跳：2018臉書截句選300首》，頁206。

〈落葉的掌紋〉
──雅和愛羅同題詩

■李瘦馬

豔麗的霞光，打在
樹冠，陰影隨風搖動
一片落葉啊：生命的掌紋
正巧拍在我寬闊的胸膛

【原截句詩】〈落葉的掌紋〉

■愛羅

尚在枝頭的三月有些沉默
沒有誰聽見光影中簌簌轉身的那片意象
是落葉的骨
鬆動春天的支架

　　　　　　　──選自《臺灣詩學截句選300首》，頁114。

〈必需品〉
——雅和宇軒〈奢侈品〉

■邱逸華

沒有一分脂肪是多餘的
燃燒的青春堆肥了愛

【原截句詩】〈奢侈品〉

■宇軒・馬來西亞

彷彿愛情是你多餘的脂肪
連我青春一併燃燒

　　　　　　——選自《臺灣詩學截句選300首》，頁312。

〈歷史課本〉
——雅和吳添楷〈歷史〉

■建德

總有一頁

因為坦克未曾撤離

重得無人能往後

或向前翻掀

【原截句詩】〈歷史〉

■吳添楷

總有一刻

會有陣風吹向人群

當他們的淚已乾

才發現，瞳孔曾被踩碎

　　　　　　——選自2017年3月28日facebook詩論壇

〈居家觀心自在〉
——雅和蕭蕭〈海上觀心自在〉

■無花

不因窗外養熟的雲飄動而心動
眼下壺口冒出的山水誰在茶裏養杯

神來殺神，我寫詩
魔來弒魔，我寫詩

【原截句詩】〈海上觀心自在〉

■蕭蕭

不因為潮有信所以花有信
遠方的月總在十五的晚上圓

神來神自在，我喝茶
魔來魔不抹，我喝茶

——選自蕭蕭《大自在截句》，頁180。

〈透明口罩〉
──雅和王勇〈口罩〉

■忍星

疫苗還在城外待命
疫情已在城內索命
我的唇語再緊張，透明
也遮不住蒼白的　血色。

【原截句詩】〈口罩〉

■王勇

封住塵埃
擋住流言
連金鐘罩也擋不住
你──眼角的溫柔一笑

　　　　　──選自《臺灣詩學截句300首》，頁165。

〈剪影〉
——雅和胡淑娟〈剪不斷〉

■ 謝美智

抓一把時間的散髮

隨意快剪，喀嚓

先落地的，其實是

受驚的影子

【原截句詩】〈剪不斷〉

■ 胡淑娟

時光的剪子

剪不斷的

其實是記憶的髮絲

越剪，越長

——選自2019年1月20日facebook詩論壇

〈晒命〉
──雅和無花〈晾衫〉

■卡路

自水中打撈出瀝乾的臉
攤開在沒有太陽的桌面上
讓風帶走一些養分
壞掉的部分收著就好

【原截句詩】〈晾衫〉

■無花

去掉水份的日子
乾的地方像鹹魚翻著
撐著夾著
不讓最緊的部分再掉落海

──選自2021年5月27日facebook詩論壇

惺惺相惜

第一回合入圍嚴選

〈謠言〉
──雅和胡淑娟〈魚〉

■聽雨

謠言必是極愛旅遊

隨時吃風（註）

人間四處遊蕩

註：吃風，馬新一帶常用口語，意思是旅行。

【原截句詩】〈魚〉

■胡淑娟

魚必定是個外交大使

學會了水的方言

才能縱橫四海

　　　　　　　──選自《臺灣詩學截句選300首》，頁160。

〈思念〉
——雅和無花〈思念是一條未乾的鹹魚〉

■胡淑娟

於我，妳已是

遙遠的島嶼，倒影緩緩下沉

而妳浸濕的名字

卻如哀傷之暗潮浮出，悖逆光

【原截句詩】〈思念是一條未乾的鹹魚〉

■無花

多適合為你的海洋

養一個全新的水族箱

不種自由的浪花

只在你身上排鹽

——選自2020年5月25日facebook詩論壇

〈輕重〉
──雅和蕭蕭〈相忘〉

■呂白水

光線照進書本裡
哪個字輕哪個字重

【原截句詩】〈相忘〉

■蕭蕭

雨落在江裡、湖裡
誰也記不得誰胖誰細

──選自《蕭蕭截句》，頁79。

〈晴天你還撐傘〉
──雅和桑青〈雨天還串門子〉

■心鹿

出門常常瞥見雲朵訕笑
像你撐傘陽光下，試圖遮掩那
足下墨跡，往事踩個稀爛
我曬著炎涼

【原截句詩】〈雨天還串門子〉

■桑青

開門常常遇見民間故事
像那天撐著紙傘，還有你站著
一襲遠松，把星屑搧下來
我坐上光明

──選自2020年5月29日facebook詩論壇

〈絲巾〉
——雅和無花〈恨是〉

■紅紅

恨不是風，乘著尾翼
攬住月臺上，那條往南的
脈搏。在脖子上
愈飛愈急愈鬆，愈緊

【原截句詩】〈恨是〉

■無花

水中餵魚
的夢　醒來一生乾
刻在風面的詩
短短　朗讀湖鏡

——選自 2020 年 12 月 24 日 facebook 詩論壇

〈傷口〉
——雅和林廣同題詩

■卡路

他一直以為我是一口沒人許願也沒有回音的井

【原截句詩】〈傷口〉

■林廣

他一直以為我是一隻不會飛也不唱歌的夜鶯

——選自2021年2月25日facebook詩論壇

〈五四之百歲有感〉
——雅和白靈〈五四胡適之？〉

■李宜之

顛頂的橘子

在百年後的高鐵站

尋著那冬烘先生的身影

【原截句詩】〈五四胡適之？〉
——適逢五四百歲有感

■白靈

海的邊緣可能是沙漠

賽先生造就得了德先生嗎？

支付寶背後會是狼爪一把抓？

百歲五四顫抖說：死胡適哪裡去啦？

——選自2019年5月5日facebook詩論壇

〈闊〉
——雅和邱逸華同題詩

■冬雪

他們以鮮活潮聲推開門戶
招呼十方饕客，挑戰舌尖味蕾
拿青花宋瓷盛滿醋溜唐詩
解饞，在傍的貓膩

【原截句詩】〈闊〉

■邱逸華

他們貓似地干謁
撕開寬嘴，汩汩分泌
帶潮的詞
往那些推不開的門舌進舌出

——選自2021年2月5日facebook詩論壇

〈歲月〉
——雅和李昆妙同題詩

■慢鵝

老榕垂鬚呻吟
忍住插嘴下步棋
將，指了一下
沖烏龍去了

【原截句詩】〈歲月〉

■李昆妙

枯葉伸出聲音
要抓住那些腳步
風，貓了一下
又秋天去了

——選自2020年07月05日facebook詩論壇

〈下坡宜剎車〉
──雅和于中〈單車〉

■黃木擇

磨耗兩顆夕陽
咿啞大聲叫痛了
黃昏

【原截句詩】〈單車〉

■于中

總是那麼
年輕
滑動著
時代的巨輪

──選自2017年06月07日facebook詩論壇

〈安〉
──雅和寧靜海〈歸〉

■春日鳥

海沒一刻不在叱吒動盪
為甚麼就不能，像一杯水
靜默如鏡，如今老了終於知道
他在追求安定

【原截句詩】〈歸〉

■寧靜海

有一些花不知什麼緣故掉下來
我以為它們很悲傷，像流星
只能墜落，後來才明白
它們只想回　家

　　　　　　　──選自2019年5月7日facebook詩論壇

〈陀螺人生〉
──雅和靈歌同題詩

■玉香

母親用力拋出那條臍帶

扭轉我的人生

硬是磨去不良習性

哪裡跌倒，哪裡站起來

【原截句詩】〈陀螺人生〉

■靈歌

母親的右手高舉，甩出

我獨立的人生

在生活的硬地刻畫

在感情的軟土裡深耕

──選自《靈歌截句》，頁66。

〈蟬〉
——雅和趙紹球同題詩

■John Lee

你怎能蛻下十七年情愫
詛咒夏，炎熱一生

【原截句詩】〈蟬〉

■趙紹球

給我一棵樹
我給你一季的森林

——選自2018年7月5日facebook詩論壇

〈香菸〉
——雅和無花〈鴉片〉

■之宇

單純是她對一縷煙的迷戀。
是否眼皮底下的天空，
只有一個影子？

【原截句詩】〈鴉片〉

■無花

純粹是他對罌粟花的幻覺。
是否身上的海，
仍藏暗礁？

——選自2021年2月28日facebook詩論壇

〈鐘〉
——雅和桑青同題詩

■吳國金豪

僅僅輪迴一個動作
旋即
一個時代又過去了

【原截句詩】〈鐘〉

■桑青

終究是句點，充滿內部細節。
時間走時，遺失的都在原地
靜默成一個碑。

——2019年10月03日facebook詩論壇

第二回合入圍嚴選

〈花事了〉
——雅和寧靜海〈花兒開好了〉

■菓菓

草叢與天空的選擇
供蕾苞呼吸的一線間

單陰性成不了花朵
終於他不再到處留詩

【原截句詩】〈花兒開好了〉

■寧靜海

縱然成不了一朵，一朵
引你回頭的芬芳

也定要在日照處繼續
繼續光合，直到自己盛開

——選自2021年4月23日facebook詩論壇

〈夜修〉
──雅和胡淑娟同題詩

■丁口

水底的幽靜

入定的想像的草原

塵埃奔走世間

獨處，為了明天的精彩

【原截句詩】〈夜修〉

■胡淑娟

月到了水中央

水映月如霜

夜攬起修行道場

讓寂靜開出一朵花

──選自2021年4月28日facebook詩論壇

〈中〉
──雅和邱逸華〈小〉

■ 謝宗翰

因此，渺小的你和我和
夢有約，要一塊睡進風雲

而多數清醒的鳥事
是無法在大漠裡，掀起長浪

【原截句詩】〈小〉

■ 邱逸華

被緣分擠掉
是小最大的不幸

在你胸口乾掉的一粒飯
是我，堅持黏住的吻痕

──選自 2021 年 4 月 30 日 facebook 詩論壇

〈煞有其事〉
──雅和卡夫〈沒有事發生〉

■無花

一組示威群眾遊行著口號
一對夫婦餵飽嬰兒車內的吠聲
一座蹺蹺板平衡城市拆遷與重建的支點

長凳上躺累的報紙把今日頭條翻至黃昏

【原截句詩】〈沒有事發生〉

■卡夫

一條老狗在舔天氣
一群條子在圍捕竄逃的風
一個老男人被年輕女人的聲音清洗著

懶洋洋的街道若無其事地坐了一個下午

──選自《卡夫截句》，頁162。

〈母親劫
──每年今天，時間有賊〉
──雅和無花〈母親節〉

■ 宇正

花十個月亮懷胎一座天宮

被大鬧後的此生

忘記每個觀音

都曾是少年

【原截句詩】〈母親節〉
　　　　——唯有此日，天下無霜

■無花

我家也常居一座

觀音

有她在的童年

都是劫難

　　　　　　　　——選自2021年5月9日facebook詩論壇

〈詩俟〉
──雅和余境熹〈禪4〉

■林佩姬

你完成一首詩的你
我迷走在一首詩裡找尋你

你走出了詩，我仍在你的詩裡

【原截句詩】〈禪4〉

■余境熹

一粒沙裡見師父
一朵花裡見俗人

你在禪院，我又在簷下

──選自余境熹個人facebook

〈巒想〉
──雅和無花〈湖思〉

■心鹿

風附和草的細語、你的蹙眉
是我爬過的山
我攀上巒峰仰望
天不留片雲

【原截句詩】〈湖思〉

■無花

貓叼來幾滴水聲、你的髮線
是我遊過的河
我坐上極深的湖面
底下無魚了

──選自2020年12月5日facebook詩論壇

〈暮之華〉
——雅和漫漁〈暮之花〉

■江美慧

搖椅抓取魚尾紋，搧啊搧

童年是繁茂的樹蔭
牆壁上照片裝幀的笑聲
涼快了，盛開的眸子

【原截句詩】〈暮之花〉

■漫漁

覺得綻開過了，便安心地凋去
瞥了將沉的太陽一眼

才發現自己從來沒有
燦爛過

——選自 2018 年 3 月 29 日 facebook 詩論壇

〈眉毛〉
──雅和林廣〈魚尾紋〉

■凱諦貓

你是眼睛看不見的弦月
柔柔，從眉筆間照耀
荒野開始跳躍繁華的風景燦爛

【原截句詩】〈魚尾紋〉

■林廣

那是耳朵聽不見的尾韻
輕輕，從眼睛遊出來
定居在時間漸漸荒蕪的邊陲

──選自2021年5月19日facebook詩論壇

〈西域〉
──雅和白靈同題詩

■ 齊世楠

漠野每條路徑都承載過駝鈴響

耐得住風雪的人都涵藏著視野

穹天高處一隻蒼鷹猛然飛越眼前

一瞬間，孤茫是胸懷裡微末的刺痛

【原截句詩】〈西域〉

■白靈

——望極目，欲求度處，則莫知所擬，唯以死人枯骨為標幟耳（法顯）

這裡每一粒砂都倒得出馬蹄聲
頂得住暴風的石都閃爍著刀光
自視野之極一隻蒼蠅突降我鼻尖

此一瞬，寧靜是世界上最大的耳朵

——選自2021年5月20日facebook詩論壇

〈插座〉
——雅和劉金雄〈插頭〉

■吳詠琳

該用什麼心情，扛起
深入　挺進　硬闖
傾注，一輩子所有能量
打造幸福的光

【原截句詩】〈插頭〉

■劉金雄

唯有深入
才得光明的起源
只有挺進
才是幸福的開端

——選自《臺灣詩學截句選300首》，頁247。

〈收衫〉
——雅和無花〈晾衫〉

■文靜

日子被裁成薄片
一片收藏一個身影
被時間經過的
偶爾留下柔軟的虛線讓人折疊

【原截句詩】〈晾衫〉

■無花

去掉水份的日子
乾的地方像鹹魚翻著
撐著夾著
不讓最緊的部分再掉落海

——選自2021年5月27日facebook詩論壇

〈陳詩現場〉
——雅和邱逸華同題詩

■謝祥昇

倒一杯酒
指尖不斷沿著杯緣長征
紅色的酒漬未乾
冷眸染有妳餘溫的唇印

【原截句詩】〈陳詩現場〉

■邱逸華

劣酒貪杯
記不清是別人肇事還是自撞
白描之筆就繪出我
靈魂倒臥的形狀

——選自2021年5月30日facebook詩論壇

〈用餐。勿擾〉
——雅和黃士洲同題詩

■ 游鍫良

白胖小子紛紛進口
附以咕嚕湯汁

意識飽滿
捧腹不宜大笑

【原截句詩】〈用餐。勿擾〉

■ 黃士洲

眼睛是鍋
詩集不斷丟入字

記憶的鏟
炒出家鄉味

——選自2021年6月2日facebook詩論壇

〈魚尾紋〉
——雅和林廣同題詩

■趙紹球

兩片飛不走的翅膀

靜靜，擱淺在劉海

有魚棲息，將尾巴悄悄刺青

【原截句詩】〈魚尾紋〉

■林廣

那是耳朵聽不見的尾韻

輕輕，從眼睛遊出來

定居在時間漸漸荒蕪的邊陲

——選自2021年5月19日facebook詩論壇

以禮相待

facebook詩論壇精選

〈撲〉
——雅和白靈〈穿〉

■楊子澗

哪些模糊的記憶可以重組？
赤足之奔、青澀之吻、兒女初生
甚或第一根白髮冒出山頂

突越歲月撲來，來時路沿途斷層

【原截句詩】〈穿〉

■白靈

哪種消失的姿勢可以重製？
一葉之飄、片雪之飛、絲雨之滴
即使一根髮之叮咚落地

沿路驚叫、燃燒、穿破日子而去

——選自2019年3月30日facebook詩論壇

〈老人〉
——雅和葉莎同題詩

■楊子澗

路的盡頭有些模糊

走過的旅程太匆促

沿途看盡了風花和雪月

原來一切都只是幻滅

【原截句詩】〈老人〉

■葉莎

路將盡

腿也開始崎嶇

一生的傘已殘破

風也濕了

──選自2017年2月8日facebook詩論壇

註：這首同題詩雅和「老人」是第一首出現在facebook詩論壇截句雅和
　　之作。

〈人生〉
──雅和漫漁同題詩

■卡夫

請不要翻頁
我已結束

【原截句詩】〈人生〉

■漫漁

請不要翻頁……
。

我還沒有準備好！

　　　　　　　　──選自2019年2月11日facebook詩論壇

〈理想〉
──雅和卡夫〈主義〉

■ 季閒

才第一道閃電

所有蛇破殼而出

留下蛋，張著

來不及縫的裂痕

【原截句詩】〈主義〉

■ 卡夫

雙手一推，驚見

所有眼睛躲在窗下

耳朵豎起來，等

第一聲槍響

──選自2017年1月25日facebook詩論壇

〈歲月突襲〉
──雅和李昆妙〈歲月〉

■忍星

漁船安靜吃水
夕陽盡情哺育暮色
歲月，颰了一下

凹彎整座漁港

【原截句詩】〈歲月〉

■李昆妙

枯葉伸出聲音
要抓住那些腳步
風，貓了一下
又秋天去了

──選自2020年7月5日facebook詩論壇

〈盛開，且慢凋謝〉
——雅和寧靜海〈花兒開好了〉

■忍星

我們溫存的時間
都煮熟盛開了，沒有一滴揮發

感情黏稠，拉扯蜂兒的命根
螫斷了欲墜未墜的　春光

【原截句詩】〈花兒開好了〉

■寧靜海

縱然成不了一朵，一朵
引你回頭的芬芳

也定要在日照處繼續
繼續光合，直到自己盛開

——選自2018年1月22日facebook詩論壇

〈循環〉
──雅和無花〈萬物生〉

■游鍫良

魚上了岸
捕撈的是生計
吃的是日子
食物鏈在唇齒之間涅槃

【原截句詩】〈萬物生〉

■無花

一條魚
路過早餐的餐盤

路旁阿勒勃花開了一點
路上行人腳步謝了一點

──選自2021年5月21日facebook詩論壇

〈遠行〉
──雅和趙紹球同題詩

■ 游鍪良

鏡也以右手撩撥，寫起
一行行流瀉虞美人
茶杯型變，龍袍褪去
後唐，化為雲煙

【原截句詩】〈遠行〉

■ 趙紹球

他右手把傘，撐起
半壁唐朝的景緻
酒盞微溫，青衫微濕
金風，正好翻過

　　　　　　　　　　──選自2021年5月20日facebook詩論壇

〈荷必再來〉
──雅和謝美智同題詩

■游鍪良

新鮮是呼吸的眼睛，你來過

天空清幽幽，雲霓飄然

汙泥以軟沼召喚，蝴蝶翩舞

雨後彩虹拉攏臍帶，荷，必再來

【原截句詩】〈荷必再來〉

■謝美智

靚花是妳，風中醒目的詩眼

皆因風起，分合也難

淤泥是我，臍帶供給養份

還慘遭污名化，永遠上不了檯面

──選自2021年5月19日facebook詩論壇

〈寂寞效應〉
──雅和無花〈過勞值〉

■邱逸華

每艘床售出的單程票
都加速融解末日冰川

【原截句詩】〈過勞值〉

■無花

這城市每0.5個人
每日上班40小時

──選自2021年5月4日facebook詩論壇

〈現任〉
──雅和無花〈前度〉

■邱逸華

為此時的感情狀態套上指環
脫下翅膀
不再澆花
將馬拴在城外

【原截句詩】〈前度〉

■無花

我無法為通訊錄上每個刪除的字
清晨翻身
推背曬太陽
半夜飽飽打嗝

──選自2021年5月3日facebook詩論壇

〈稻草人〉
──雅和無花同題詩

■邱逸華

懸念是青澀的等待
成熟的意象彎腰結穗

虛無的肉身抖擻前塵
讓風吹走一片鳥聲

【原截句詩】〈稻草人〉

■無花

肉身是虛的
生活是實的

日子宿儲水平線上
養和下一波穗潮

──選自2020年2月6日facebook詩論壇

〈致多疑的戀人〉
——雅和紅紅〈致前任〉

■邱逸華

發票一概存入電子支付以後
再無想像能被查驗

愛情讓數字算計
排列組合成各種疑心病

【原截句詩】〈致前任〉

■紅紅

仔細對一疊過期發票
只為了確認

你不是真的那樣
我也不是真的這樣

—— 選自2019年2月2日facebook詩論壇

〈OFF〉
──雅和漫漁〈ON〉

■ 紅紅

缺水。群聚的花都謝了
電也停了。他拿著手電筒
在樓下對著隔離的窗大聲吶喊

為她犯下一件滔天大罪

【原截句詩】〈ON〉

■ 漫漁

我爬上你內心的第二層
整個車廂只有一個人
人多　有比較不好嗎？
沒有回應　你OFF很久了

──選自2021年5月24日facebook詩論壇

〈壁虎〉
──雅和白靈〈形色〉

■ 紅紅

做為一名城市的臥底劇作家，每夜
蒐集你家的爭吵哭泣冷戰笑聲俏皮話

別向我打聽鄰居的去處消失的情人下落
截一句詩給你，我堅不劇透

【原截句詩】〈形色〉

■ 白靈

站到一幅畫前你來編個故事吧
像為一道名菜炒出一雙巧手

拍一朵花形色樹或草多容易
持幾片殘夢你能形色什麼劇呢

──2021年4月12日facebook詩論壇

〈花〉
——雅和漫漁〈違〉

■紅紅

原來最適合閱讀的距離
是在與你
不遠不及

【原截句】〈違〉

■漫漁

原來最靠近你的時候
是背對著
自己

——選自2019年11月29日facebook詩論壇

〈如何綁架一群現代人〉
——雅和漫漁〈如何謀殺一個現代人〉

■紅紅

在每個瘋身地點放置怪獸
公園打怪捷運打怪巷口打怪
走路打怪吃飯打怪等車打怪

假怪獸成功綁架一群真怪獸

【原截句詩】〈如何謀殺一個現代人〉
■漫漁

吃飯打電動走路打電動廁所打電動
讀書打電動工作打電動做愛打電動
生孩子吵架離婚生病　打電動打電動

臨終前他才發現　死亡不是虛擬的

——選自2019年4月8日facebook詩論壇

〈石頭的自述〉
——雅和許曉嵐〈石頭〉

■ 李瘦馬

每一塊石頭都有堅硬的天性
覆著苔蘚只是溫柔的外衣
不肯變軟除非將我粉碎
啊，不是三言兩語可道盡那種堅持

【原截句詩】〈石頭〉

■ 許曉嵐

每一塊石頭都順應天理
隨意披著路過的陽光
自主若行星間的小王子
但，我無法用盡語言來敘述這種孤獨

——選自 2019 年 10 月 19 日 facebook 詩論壇

〈寂靜的倒影〉
——雅和靈歌同題詩

■李瘦馬

面對這千頃萬頃波濤
我把一顆小石子
擲向空中，想像你就是那顆小石子
俯視自己於海面的倒影

【原截句詩】〈寂靜的倒影〉

■靈歌

昨夜，夢自潭中撈起
濕漉漉的山，晾在鏡般的水面
晨曦打開快門
一閃而靜

———選自2019年3月4日facebook詩論壇

〈河流讀詩〉
——雅和葉莎老師〈河流寫詩〉

■李瘦馬

臨河的桃樹

把她寫的詩句

一朵一朵送給了河流

河流就一路讀一路讀一路讀……

【原截句詩】〈河流寫詩〉

■葉莎

流經幽深的橋影

記住所有黑

並輕聲告訴一朵

戀春風的小花

——選自2017年12月出版

《臺灣詩學截句選300首》，頁92。

〈灰燼〉
——雅和蕭蕭〈灰塵〉

■李瘦馬

時間的灰燼

讓我知道了生命的真諦

我想想心裡的往事，悲欣

懍了一下下才恍然灰燼裡還有詩的餘溫

【原截句詩】〈灰塵〉

■蕭蕭

灰灰的灰塵

教我認識了和尚的灰布袍

我彈彈衣上的酒漬，微塵

心也和尚了那麼一下下才回神

　　　　　　——選自2017年9月出版《蕭蕭截句》，頁80。

〈唱片〉
──雅和林廣同題詩

■李瘦馬

投我一根髮絲作唱針

圓極的大海啊是生命的唱片

聽也聽不厭時間的年輪

哭吧笑吧謳歌這無止盡永恆的迴旋

【原截句詩】〈唱片〉

■林廣

早該習慣冷

天生圓臉卻總習慣熱

年輪靜止

仍不斷想。飛出蝴蝶

──選自2017年4月10日facebook詩論壇

〈行囊裡的落日〉
——雅和白靈同題詩

■李瘦馬

走到天涯海角的旅人
從行囊裡取出落日

把它裝在遠遠的天邊
孤獨的人兒，至少還有落日陪著

【原截句詩】〈行囊裡的落日〉

■白靈

行囊裡跳出一整冊的落日
有的被海私藏，有的被山沒收

身旁曾與你一起黃昏的影子
有淡有濃，近的曾重疊遠的只交錯

　　　　　　——選自2017年9月出版《白靈截句》，頁35。

〈淚眼〉
——雅和蔡履惠〈汗手〉

■黃士洲

愛是好身材的井

豐乳餵奶，月光

還帶來青蛙空虛的　歡樂

三生無憂記憶乾涸

【原截句詩】〈汗手〉

■蔡履惠

命裡必不缺水

水在掌中，自來

還帶來海洋的　風情

一生不愁鹽調味

——選自2021年6月7日facebook詩論壇

〈春天。好草〉
——雅和白靈〈春景〉

■黃士洲

或許是聲騎白馬的鋼琴手
在泥土的琴鍵上和穀雨四手聯彈
綠色音符，鬧鐘了冬眠的寧靜
花花激動難抑，紛紛起立鼓掌

【原截句詩】〈春景〉

■白靈

滿園蝴蝶合力拍動著春天
所有葉子DJ地拼命點頭
蝶影在地面換位、交錯
如小老太婆醉熏熏的舞步

——發表於2021年5月11日Facebook詩論壇

〈包子〉
——雅和王錫賢同題詩

■ 黃士洲

詩人拿起生活的蓋子
把字包進包子裡，熱騰

客人咬一口。嘴裡有耳
聽見故鄉母親的手，舉頭的思

【原截句詩】〈包子〉

■ 王錫賢

葷素不忌，大肚能容
有料，鋒芒不外露
看著老愛露餡的披薩
他不禁皺起了眉頭

　　　　　　　　—— 自2021年1月19日facebook詩論壇

〈致唯一一任〉
——雅和紅紅〈致前任〉

■黃士洲

拉著只中過一次獎的夢，跑
放大兩百塊衍生閃爍的星光
沒有道理地練習相信
那個寂寞的妳，機率是真的

【原截句詩】〈致前任〉

■紅紅

仔細對一疊過期發票
只為了確認

你不是真的那樣
我也不是真的這樣

——選自2019年2月2日facebook詩論壇

〈旗開五月，得勝〉
──雅和無花〈無花，不礙盛開〉

■黃士洲

每雙腳印儲蓄花香譁然的定存記憶
許是夏日陽光刮中鳥囀的樂透
還是雲逆轉數圈喜出中獎梅雨發票

風的細語，天藍變得很海浪波瀾

【原截句詩】〈無花，不礙盛開〉

■無花

每一畝落不成雨的天空
陰性是一種選擇

回頭，跨出時間的視角
於命題死角，錯開

──選自2018年1月22日facebook詩論壇

〈噤聲的我〉
──雅和夏虫〈噤聲的蟬殼〉

■胡淑娟

夜空吐納

不懂病的緘默

星星每次的眨眼

都是我錐心的刺痛

【原截句詩】〈噤聲的蟬殼〉

■夏虫

獨自在永夜

的詩土裡練習吐呐

破土　　七日後……

蟬殼　　在樹上緘默。

──選自2021年7月20日夏虫個人Facebook

〈誰不是禮教下的犧牲品〉
——雅和無花〈誰不是砧板上的沙西米〉

■ 胡淑娟

口沫的飛雨一刀一刀

剜刮的是垂死的我

吃人傳統的吃人禮教

日子赤裸得只剩下啃乾的骨頭

【原截句詩】〈誰不是砧板上的沙西米〉

■ 無花

窗外的雨一刀一刀落下

砧板上我是唯一活物

無人路上的無人餐廳

日子靜得剩下殺意

——選自2021年7月13日facebook詩論壇

〈心在闇黑的角落〉
──雅和楚淨〈心的光在角落〉

■胡淑娟

青春過境時間的草原
橫掃半夏，擒掠一個秋

冬的荒蕪就永恆了
闇黑竟等不及一束光的救贖

【原截句詩】〈心的光在角落〉

■楚淨

風諷刺地翻閱時間
荒蕪就遼闊了

夢田的光漸漸由夏轉秋
澹泊卻來不及繁華

──選自2021年6月24日facebook詩論壇

〈意象的美學〉
——雅和劉驊〈聲音的美學〉

■ 胡淑娟

我是雲
映妳如鏡的河水

划妳以盈盈的影子
妳饗我以　天空

【原截句詩】〈聲音的美學〉

■ 劉驊

撞我以春天
我響你以宏亮的花香

我是鐘
懸在你眼前

——選自2021年6月24日facebook詩論壇

〈綠荷〉
——雅和周夢蝶〈雨荷〉

■ 胡淑娟

一葉綠荷

八方的風，也虛空

如微光裡的佛

收妄念於花瓣深深的細褶

【原四行詩】〈雨荷〉

■ 周夢蝶

雨餘的荷葉

十方不可思量的虛空之上

水銀一般的滾動：

那人輕輕行過的音聲

——選自2002年7月出版《十三朵白菊花》

〈四行一輯八題〉之〈雨荷〉

〈King in room〉
——雅和澤榆〈N〉

■ 梁傑

不過是仗著自己那把
被神舔過的柄
就擅自去扮演
上帝的角色

【原截句詩】〈N〉

■ 澤榆

你讀過很多書
於是你成為國王
將她們鞭入你的頁碼
以餘生的陰影，計算價值

——選自2020年4月3日facebook詩論壇

〈牆國人〉
──雅和漫漁〈封殺〉

■梁傑

河蟹橫行
吮吸叫囂的海螺

豬正繞場
炫耀頸上的掛牌

【原截句詩】〈封殺〉

■漫漁

活著的人不准說話
他們的聲音太刺耳

會讓那些要死不活的
想起自己的要死不活

──選自2020年2月26日facebook詩論壇

〈宜家〉
──雅和無花〈新家俬〉

■ 梁傑

你點燃一根火柴

溫暖北歐積雪的松林

我用指尖感受你的赤膚，樹在窗外

一點一滴的，拼湊夢想的居室

【原截句詩】〈新家俬〉

■ 無花

你組裝外頭的風雨

整座城市溫婉的背景

我用瞳孔拼湊你的背脊，雨在外頭

一點一點的，更換了築夢的床

　　　　　　　　──選自2018年12月26日facebook詩論壇

〈缺〉
——雅和紅紅〈月〉

■ 梁傑

他煮了一鍋湯圓
填空思念的碗
於是他們在各自的城市
都捧著一樣的，月

【原截句詩】〈月〉

■ 紅紅

她用圓規將身上的光色
畫給仰望的人
於是在他們的夜空裡
都懸著一樣的，缺

——選自2018年12月22日facebook詩論壇

〈獵物〉
──雅和無花〈健身男子〉

■ 梁傑

右臂受夠了
練靶的日子
舉起滿膛子彈的槍
獵人尋覓，嗜血的獸

【原截句詩】〈健身男子〉

■ 無花

左臂上爆出粗筋
綠色刺青中一條無尾之魚直探河床
二頭肌鼓脹肉色山丘
一顆等待受精的卵浮上水面

──選自2018年12月20日facebook詩論壇

〈誰不是祭壇上的一記驚嘆〉
──雅和無花〈誰不是砧板上的沙西米〉

■建德

時針削下一片一片遐想
終日流離的遊魂嚼出長長的人世
日子虛胖成佝僂的問句
屢屢勾不著，質感太輕的未來

【原截句詩】〈誰不是砧板上的沙西米〉

■無花

窗外的雨一刀一刀落下
砧板上我是唯一活物
無人路上的無人餐廳
日子靜得剩下殺意

──選自2021年7月13日facebook詩論壇

〈統一答案〉
——雅和無花〈一問和三不知〉

■建德

蘋果上的深淺齒痕統稱侵略

舌頭被收編，方便聆賞白色噪音

一些人嚴禁呼吸因為有人嚴重缺氧

異議的口沫，盡是折射魚目之光

【原截句詩】〈一問和三不知〉

■無花

被咬一口的蘋果是不是蘋果？

被封的喉舌是不是喉舌。

被刪除的留言算不算留言。

沒有版面的頭條在哪坐文字獄。

——選自 2021 年 6 月 22 日 facebook 詩論壇

〈按鈕〉
──雅和無花〈當今世上〉

■建德

以壞掉的心情，應付急躁湧來的指頭
一路槓上並不明朗的風景

車門張口吐出一群無臉人
選擇留下的影子，在座椅上小心保持間距

【原截句詩】〈當今世上〉

■無花

剩下空調和雙層巴士在貓步
街道戴好戴滿了口罩

狗找不到老鼠說話，一如
化學兵與消毒後的行人保持社交距離

　　　　　　──選自2021年5月24日facebook詩論壇

〈魚訓〉
——雅和謝美智〈飛蛾探祕〉

■建德

流水饒舌，闡述浮生的倥傯
最冷靜的唯有石頭
以自在坐姿迎合悲喜
撞開鱗片上，重重交織的幻影

【原截句詩】〈飛蛾探祕〉

■謝美智

燈下，覺察生命的虛實
最執著的應屬影子
渾身塗滿駭人的瀝青
靈魂始終是蒼白的色調

——選自2021年5月12日facebook詩論壇

〈母親結〉
——雅和無花〈母親節〉

■建德

縷縷牽念的目光
搓成無盡延伸的繩索

母親在過不去的過去
拉扯著親子間的現在，與未來

【原截句詩】〈母親節〉
——唯有此日，天下無霜

■無花

我家也常居一座
觀音
有她在的童年
都是劫難

——選自2021年5月9日facebook詩論壇

〈大〉
——雅和邱逸華〈小〉

■ 李黎茗

被倒貼粘身
是大最小的籌碼

在我指尖飛舞的一嘴毛
是你，博命想撕的標籤

【原截句詩】〈小〉

■ 邱逸華

被緣分擠掉
是小最大的不幸

在你胸口乾掉的一粒飯
是我，堅持黏住的吻痕

——選自2021年4月30日facebook詩論壇

〈意象之死〉
——雅和林廣同題詩

■李黎茗

沒有。屍骨

根根腐爛的記憶，找不到
最後斷氣的荒郊

【原截句詩】〈意象之死〉

■林廣

沒有。墓碑

紛紛散落的記憶，找不著
該屬於自己的櫻花

——選自2021年2月16日facebook詩論壇

〈稿紙〉
——雅和林廣同題詩

■李黎茗

能讓我閒一宿嗎
潦草，輕柔的吻痕

鹹濕著我全身
你的小詩成章了沒

【原截句詩】〈稿紙〉

■林廣

沒有人願意接近我
感覺身上的空格變多了

多麼懷念
筆跡滑過我身軀的聲音

——選自2020年12月5日facebook詩論壇

〈詩是朽木〉
——雅和林廣老師〈詩是新芽〉

■李黎茗

風乾的飽和收割容易
恐怕　讓夢死於朽木

看羽化的靈魂在指尖泅渡中
失去原有的呼吸

【原截句詩】〈詩是新芽〉

■林廣

受潮的空虛種植不易
欲能　讓夢生出新芽
讓疲憊的靈魂在文字指壓中
得到深層的紓解

——選自2017年5月9日facebook詩論壇

〈荷必再來〉
──雅和謝美智同題詩

■ 玉香

寫下滿開，如如不動的詩篇
無端招風，竟然引蝶
日常被污名化，成了無常
揮舞著花瓣，不惹塵埃

【原截句詩】〈荷必再來〉

■ 謝美智

靚花是妳，風中醒目的詩眼
皆因風起，分合也難
淤泥是我，臍帶供給養份
還慘遭污名化，永遠上不了檯面

──選自2021年5月19日facebook詩論壇

〈字主隔離〉
──雅和邱逸華同題詩

■玉香

砍掉曖昧不清的詞彙
擋不住變種桃花

愛情見不得光
守在一個小王子的國度

【原截句詩】〈字主隔離〉

■邱逸華

切開情詩膿腫
引流發炎的愛意

那些站不住的韻腳
各自據一個疫區

──選自2021年4月23日facebook詩論壇

〈旁觀〉
——雅和邱逸華同題詩

■ 玉香

久旱的小城下起整夜的雨
漫天的傘竟然飛舞起來
水池的青蛙吵了一個晌午
該把蛋下在哪邊

【原截句詩】〈旁觀〉

■ 邱逸華

小城下了整個春天的雨
經冬的傘仍留戀雪意
簷下斜倚聽雨滴和水窪對話
看他們如何激起火花

——選自2021年2月17日facebook詩論壇

〈死相〉
——雅和漫漁〈封殺〉

■星垂平野

死了的人不准露臉
他們的數字太驚悚

會讓那些要活不死的
一起吼出我要活不死

【原截句詩】〈封殺〉

■漫漁

活著的人不准說話
他們的聲音太刺耳

會讓那些要死不活的
想起自己的要死不活

—— 選自2020年2月26日facebook詩論壇

〈靜好〉
──雅和紅紅〈偕老〉

■ 星垂平野

望著你，你是一片海潮
擁著我，我像一粒星砂

催促落日趕走夕陽，盛起
向我們灑落的靜好月色

【原截句詩】〈偕老〉

■ 紅紅

抱住你，像你是一棵樹
牽著我像我是一片雲

坐成山躺成海，接住
那顆向我們滑落的夕陽

──選自2019年4月8日facebook詩論壇

〈日常，假裝為一種無常〉
——雅和紅紅〈如常，作為一種反抗〉

■星垂平野

沒有變化的世界
人還要活嗎？

要的。上帝說
須確保我的作品存在

【原截句詩】〈如常，作為一種反抗〉

■紅紅

無人的戲院
電影還要放嗎？

放映師說，要
確保日子運作如常

──選自2019年1月13日facebook詩論壇

〈我們錯過在世界盡頭〉
——雅和無花〈你約定我在無人廣場〉

■夏虫

平行時空　交互成
我們　無法起筆的故事

轉世的齒輪　咯咯作響
我凝視著妳　消失在世界盡頭

【原截句詩】〈你約定我在無人廣場〉

■無花

一對情侶
被咖啡杯隔開了情話

不准堂食的雨
漸漸從其中一張嘴中落下

——選自2021年7月12日facebook詩論壇

〈聽見文字哭泣的迴音〉
——雅和林廣〈蒐集文字漂流的聲音〉

■夏虫

沒有人贊同的　　詩篇
習慣在臉書上　　喃喃自語

那樣的孤獨像月球背面
深夜裡哭腫了臉卻　　沒人發現

【原截句詩】〈蒐集文字漂流的聲音〉

■林廣

沒有押韻的歌
習慣在臉書漂流黑夜

那樣的孤獨像浮木
與我的孤獨碰觸又　　無聲分別

——選自2021年6月24日facebook詩論壇

〈手語〉
──雅和王婷〈抽象〉

■夏蟲

星空下
在手與手之間
緊緊抓住
難以言說的溫度

【原截句詩】〈抽象〉

■王婷

風雨中
在眼和心之間
遇見
一個不完整的眼神

──選自2021年5月15日facebook詩論壇

〈何謂民主〉
——雅和漫漁〈所謂自由〉

■無花

一座島潛逃另一座島
舊籠子圈養新的貓膩

生活是不在菜單上的私房料理
廚師僅在乎，日子要火烤或生煎

【原截句詩】〈所謂自由〉

■漫漁

陰天的陽光
為什麼還是覺得刺眼

我把籠子留在身後　　只帶走
它的影子

——選自2020年7月25日facebook詩論壇

〈桃花遇見一朵淡味的巷弄〉
──雅和黃士洲〈遇見巷弄一朵淡味的小花〉

■無花

請裸身
隱入迷離眼神更深的唐雨

濕了淺味的詩
巷弄拉長牆內桃花眺望的遠景

【原截句詩】〈遇見巷弄一朵淡味的小花〉

■黃士洲

相信巷弄的文字，濕了
才有拉長晚唐雨落的詩

潛泳的眼睛迷離了遁入的鹹
請裸身。廢棄比基尼的堅持

　　　　　　──選自2019年2月15日facebook詩論壇

〈不藥而癒〉
——雅和寧靜海〈慢性自殺〉

■無花

無特效藥的末季，兀自
輾轉的思念如隱疾
如含蓄春天的詩篇

　　——我等到花兒謝了也，不死

【原截句詩】〈慢性自殺〉

■寧靜海

帶著無法轉述的病情
你佯裝健康的人
藥袋裡有求生歡歌

　　——死了，都要愛

　　　　　　——選自2018年4月9日facebook詩論壇

〈為什麼讀詩〉
——雅和李瘦馬〈為什麼寫詩〉

■ 劉驊

聽著簷雨不再只是簷雨
想著星星就不只是星星
詩的花朵在心田裡綻放
人生的旅途無處不芬芳

【原截句詩】〈為什麼寫詩〉

■ 李瘦馬

看著孤星不再只是孤星
聞著花香就不只是花香
詩的眼睛在萬物中睜開
生命的流水有詩的冷暖

——選自2021年6月27日facebook詩論壇

〈某種光譜〉
──雅和白靈〈確診者〉

■劉驊

疫病是黑色系的
死亡，白色系
數字是冷色系的
詩歌，暖色系

【原截句詩】〈確診者〉

■白靈

螢光幕上全島繼續跳增著病毒
官威何止十足，凜凜踩凹我們眼球

又有人從橋上自街角由廁所
跳進指揮官嘴中冷冰冰數字裡了

──選自2021年6月14日facebook詩論壇

〈環保〉
——雅和聽雨同題詩

■ 凱諦貓

除了還未枯萎的人
海洋陶冶非正當途徑移居生物

你將重要的氣交換
呼風吹起號角，喚雨種下後代的氧氣筒

【原截句詩】〈環保〉

■ 聽雨

你以森林種植氧氣
海洋洗滌非法移居物種

你循環一切重要的
除了那些還未枯萎的人

——選自 2021 年 4 月 19 日 facebook 詩論壇

〈窗〉
——雅和江彧同題詩

■凱諦貓

火車飢餓
吞下移動的田野
移動房子甘願被吃
填飽人眼的詩風景

【原截句詩】〈窗〉

■江彧

房子餓了
從牆的腰身口袋
掏出一些風景
快炒啁啾充飢

—— 選自 2021 年 1 月 26 日 facebook 詩論壇

〈實在〉
──雅和漫漁〈虛度〉

■澤榆

葉子總會在某個今天落下
趁現在
將過去未來一起搖擺

【原截句詩】〈虛度〉

■漫漁

葉子一直在等明天來的風
但　今天
已經落下了

──選自2019年9月25日facebook詩論壇

〈冰箱教會我的事—4〉
——雅和桑青同題詩—3

■澤榆

食物在死後的世界相處和諧
待人從冷宮提出，寵幸

打開時總一片光明
誰去捕捉熄滅那一刻

【原截句詩】〈冰箱教會我的事—3〉
——雅和無花同題詩—2

■桑青

他不高，長相楷書
食物維特的煩惱都收留

討好他方正的格局
出口相遇的意向，不缺暗示

——選自2019年10月5日facebook詩論壇

〈怎麼殺掉一段戀情〉
──雅和漫漁〈如何謀殺一個現代人〉

■聽雨

我（不是故意）路過時，和你借手機坐在你身邊
你的手機突然喜歡在黑屏裡打坐充電，又感嘆風箏斷線

當我（有意）不再出現後
你的手機，突然長得就像一部手機

【原截句詩】〈如何謀殺一個現代人〉
■漫漁

吃飯打電動走路打電動廁所打電動
讀書打電動工作打電動做愛打電動
生孩子吵架離婚生病　打電動打電動

臨終前他才發現　死亡不是虛擬的

──選自2019年4月8日facebook詩論壇

〈末日〉
——雅和靈歌同題詩

■聽雨

青春卡住腳步，球已逼近
怦然的心沒觸地，他也沒揮出全壘打

她抽離自己和空氣
窒息大地，封殺一切球技

【原截句詩】〈末日〉

■靈歌

每天，將自己翻頁
數字越翻越多，紙張越來越薄
讀到最後一頁
只剩怔忡

——選自2017年11月《靈歌截句》，頁177。

〈愛戀〉
——雅和無花〈暗戀〉

■宇正

在我的序，盛滿一秋水
犁前，禾雨邂逅季候風的眼神
纖纖補滿彼此九曲裡的月色
許稻浪挽紗，默待一生芒種

【原截句詩】〈暗戀〉

■無花

在你的田，擱落一粒米
籬前，光譜卷籜九降風的唇語
慢慢爬梳彼此稻海上的風波
以手心阡陌，收割一衣穀雨

——選自2020年2月15日facebook詩論壇

〈禁忌的人間〉
——雅和邱逸華〈禁忌的房間〉

■ 宇正

鏡頭瞇起眼皮凝視

上帝，負責偷窺

雲端創世，連線，滋養傳教徒

惡魔在指尖，呢喃經書，成失人

【原截句詩】〈禁忌的房間〉

■ 邱逸華

祕密持續積水

沒人起身往外走

直到暴漲的體液漫過口鼻

終於唸完一首不再換氣的情詩

——選自2018年7月27日facebook詩論壇

〈鷹說：無所謂的。終究天空就是如此遼闊〉（小說詩）

——雅和林廣〈魚說：沒關係的。反正死亡就是這麼回事〉

■ 謝情

海天一線和黑洞永遠神祕

永遠神祕　探索的遠方
雷電雨　熬煉　心
仰望我　每一座不再巍峨的山

【原截句詩】〈魚說：沒關係的。反正死亡就是
這麼回事〉（小說詩）

■林廣

往事和水草一樣腐敗

一樣腐敗　　消失的明天

癌細胞　　吞吐　　痛

臨摹我　　每一片不再發光的鱗

——選自2021年3月13日 facebook 詩論壇

〈時事〉
——雅和漫漁〈拿捏〉

■謝情

水　一剎那之間硬起
沒有海洋會過問
藍太多　抑或
綠太少

【原截句詩】〈拿捏〉

■漫漁

花　在一夜之間謝掉
沒有人知道是因為
水太多　還是
太少

——選自2019年1月5日facebook詩論壇

〈冰箱教會我的事—3〉
——雅和無花同題詩—2

■桑青

他不高，長相楷書
食物維特的煩惱都收留

討好他方正的格局
出口相遇的意向，不缺暗示

【原截句詩】〈冰箱教會我的事—2〉

■無花

提取一些再擱回一些
日子的開闊與體溫的升降無關

冰箱貼粘緊記憶的表面
抓不住的風景有一些，不願掉下

　　　　　　　　——選自2019年10月2日facebook詩論壇

〈情流感〉
——雅和漫漁〈愛在病毒蔓延時〉

■龍妍

半夜呼喚你的H.N名牌
刷爆，白金健保卡
讓我們在永恆的流感中
無盡的陷溺，持續暈眩

【原截句詩】〈愛在病毒蔓延時〉

■漫漁

從來沒有這麼聽話過
你命令閉嘴，我
乖乖地把口鼻都封起來

原來，隱藏　也是表白

——選自2020年3月21日facebook詩論壇

〈母親剪影〉
——雅和張文進同題詩

■江彧

昨天四腳助行器頂著圓滾滾的地球，雜耍
今天比薩斜塔與母親豢養的瞌睡蟲，競賽
誰。最慢抵達地平線，就贏了
明天

【原截句詩】〈母親剪影〉

■張文進

白頭翁叫聲塗灰母親的頭髮
菜心直不了微駝的背
小鐮刀不停說著近事
菜葉不斷脫去往日

——發表於facebook詩論壇2021年7月18日

〈瘦身〉
——雅和漫漁〈婦人〉

■卓黔

曾經的，悸動杵成一塊頑石

慢慢將自己縮小
才穿得上婚姻的外套

【原截句詩】〈婦人〉

■漫漁

身旁的，漸漸睡成一根木頭

緩緩將自己透明
才能假裝　　窗外有
屬於她的風景

——選自2018年12月21日facebook詩論壇

〈街角〉
──雅和林廣同題詩

■曾耀德

你截去人們的背影
沒人知道故事續集
除了斑馬線

【原截句詩】〈街角〉

■林廣

燈
一盞一盞被影子帶走

靜
腳踏車被壓碎的鈴聲

──選自2018年12月15日facebook詩論壇

〈縫紉機〉
——雅和明月同題詩

■丁口

腳踏聲充斥屋內周遭
穿越母親的皺紋
日子的叮嚀是一枚胸花
癒合的袖口是喜氣的綻放

【原截句詩】〈縫紉機〉

■明月

嘎嘎聲響
一針一線縫補斑駁生命
湧起淚滴，盛裝哀愁
擠出一天的溫飽

——選自2021年5月3日facebook詩論壇

〈情人夜〉
——雅和紅紅〈月的告白〉

■高原

唧在唇瓣的告白
托月光宅配
藍與黑在換日線交會
心，緩緩靠近重疊

【原截句詩】〈月的告白〉

■紅紅

你懂我的黑如同我懂
你的藍如同
我們都看不見另一面的彼此仍
執意守候那一角，愛的照度

——選自2019年2月14日facebook詩論壇

〈月臺煮沸的笛聲〉
──雅和邱逸華〈一個人的月臺〉

■吳詠琳

單人車票有橫軸與縱軸存入記憶體
重組鹹濕海風，放入歲月的皺褶

捎起夢想出站，拋光
票根黏貼三分之一張晴空的地圖

【原截句詩】〈一個人的月臺〉

■邱逸華

只有車廂內沉默的行李
目送喧囂落站的風

被遺忘的月臺
依時在大城間東張西望

───選自2020年7月22日facebook詩論壇

〈單鳳眼〉
——雅和邱逸華〈雙下巴〉

■語凡・新加坡

用筆畫眉不出西施的心疼
眼望不盡昭君的萬裏風沙

喜怒都上揚的地平線，遺憾
名字如何不能（好字）成雙

【原截句詩】〈雙下巴〉

■邱逸華

婚後他學會低頭和點頭
專心滑手機，保持沉默

在頸部之上構築夾層
豢養（幸福）成雙的意象

——選自2019年7月20日facebook詩論壇

〈閒〉
——雅和龍妍同題詩

■ 涓涓

月是入定的蟬
窺見所有縹緲
有人砍下那株菩提
驚覺自己也趺坐一尊佛

【原截句詩】〈閒〉

■ 龍妍

月是夜裡的魚
穿梭逝水之中
有人涉水而來
提了一大袋的靜來敲門

——選自2017年2月28日facebook詩論壇

〈心鑰〉
──雅和高原〈心鎖〉

■慢鵝

夢在港灣泊錨
老鷹高翔出航的方向
海風吹盪耳垂輕喚
誰在望夫石鳴笛悠揚

【原截句詩】〈心鎖〉

■高原

船已經出航
心還停泊在港灣
綿綿情話輕咬沉睡耳垂
誰在夢裡下了錨

──選自2021年5月27日facebook詩論壇

〈許願板〉
──雅和無花同題詩

■姚于玲

菜單的價格拉緊慾望的弧度

強行撬開荷包羞澀的門

祝心無病痛　身無物損

唾液是我與自己簽下未乾的墨跡

【原截句詩】〈許願板〉

■無花

病房外的號碼堆疊心願的厚度

隨手關上生死門

祝地球生津　願月亮止渴

潮汐是天地勾過手指的契約

──選自2021年4月17日facebook詩論壇

〈手拍黃瓜〉
──雅和無花同題詩

■鐵人・香港

死甜的本我
在無相裡

拍打
也許濺起垂涎的三尺

【原截句詩】〈手拍黃瓜〉

■無花

致命一擊終究淪為饕客的口感
脆著麻辣著，互嗆挑剔的嘴巴

那些值得回味的掌聲
筷子夾出舌尖的死甜

──選自2021年7月2日facebook詩論壇

〈小時鳥鳥〉
——雅和無花同題詩

■Ah Loong

漸漸

煙囪再容不下兩個人

只好

一個人躲在裡面做兩個人的事

【原截句詩】〈小時鳥鳥〉

■無花

漸漸

城市剩下電線桿

彩虹、橋

翅膀卸下身上疾風

——選自2020年12月17日facebook詩論壇

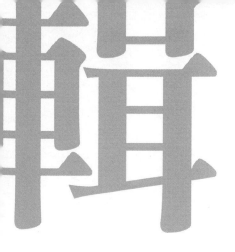

相輔相成

臺灣詩學詩社同仁賜稿

敬和周夢蝶四行詩六首（附跋）

蕭 蕭

〈茶甌〉——敬和周夢蝶〈鳳凰〉

■蕭 蕭

知了知了知了罷了罷了罷了
曠遠而綿邈岩岫且杳冥

寧寧寧與心同寧靜靜與月同靜
一任那雙玉手隨意恣意任意摩挲不停

——2021.07.07・小暑

〈鳳凰〉

■周夢蝶

甚矣甚矣甚矣衰矣衰矣衰矣
枇杷與晚翠梧桐與早凋

寧悠悠與鷗鷺同波燕雀一枝

一任雲月溪山笑我凡鳥

——選自周夢蝶《約會》〈鳳凰〉

〔跋〕

　　白靈主導的臺灣詩學季刊社〔facebook詩論壇〕以「截句雅和」的方式，進行競寫，藉此提升閱讀截句、寫作截句的風氣，他要我多加關心，也要加入雅和的行列。剛好最近重新閱讀《夢蝶全集》發現周公不常寫小詩，但一寫幾乎就是四行詩（那個時代，還不使用截句之名），統計一下約有32首，反覆誦讀，許為截句寫作的範式也不為過，就從〈鳳凰〉開始學習吧！

　　敬和某人某詩，其實就是致敬某人某詩，「和」自古以來就是模仿、學習、回饋的捷徑。

　　周夢蝶的〈鳳凰〉首句，用了《論語‧述而》「甚矣吾衰也！久矣吾不復夢見周公。」的典故，為遠大至上的理想未能企及而自傷。這個典，辛棄疾的〈賀新郎〉也曾用過：「甚矣吾衰矣。悵平生、交遊零落，只今餘幾！白髮空垂三千丈，一笑人間萬事。問何物、能令公喜？我見青山多嫵媚，料青山見我應如是。情與貌，略相似。／／一尊搔首東窗裡。想淵明《停雲》詩就，此時風味。江左

沉酣求名者，豈識濁醪妙理。回首叫、雲飛風起。不恨古
人吾不見，恨古人不見吾狂耳。知我者，二三子。」

　　第二句，我們不甚了解「枇杷與晚翠梧桐與早凋」
的關係，但去掉兩個「與」字變成「枇杷晚翠，梧桐早
凋」，就會知曉周公用了〈千字文〉加以變化，枇杷葉四
季長翠，梧桐卻是秋季就葉落凋零了，呼應了前一句的甚
矣衰矣，因為鳳凰非梧桐不棲。

　　所以有了第二節的感慨，與鷗鷺同波，與燕雀同枝，
與凡鳥共營生活，與雲月溪山同在，那是另一種生機勃
勃啊！

　　鳳凰是飛禽、是生物，我則選擇器物〈茶甌〉作為書
寫對象，避開同質性的比較。第一行周公用論語典，我用
俗話「知了罷了」，不夠深厚，但也有當今名嘴為了贏得
聲量不停口出妄語，不如罷了的現世諷刺，或者，眾人
知而不行的警惕、無奈！相對於第一行的淺知，第二行
遵行周公〈千字文〉的前行引導，我找來「曠遠綿邈，
岩岫杳冥」的山水與智識雙重暗示的深邃感，暗示喝茶
的人文深度。

　　〈茶甌〉第二節也潛入生活底層，情意抒寫，期望寧
靜的生涯、真情的摩挲，早日來到。

　　如是完成向詩人致敬的四行詩書寫。

愛──敬和周夢蝶〈夢〉

■蕭蕭

牆角微塵，不能睹見不能聽聞
不可以齅嘗也不可以摩觸
只因為一個抱抱的眼神
「呵，推門出去她是另一個盤古！」

────2021.07.07・小暑

〈夢〉
■周夢蝶

喜馬拉雅山微笑著
想起很早很早以前的自己
原不過是一粒小小的卵石
「哦，是一個夢把我帶大的！」

────選自《孤獨國》〈四行（八首）〉之四

〔跋〕

　　周夢蝶的〈夢〉出現過兩次，最先是《孤獨國》

〈四行（八首）〉之四，後來是《風耳樓逸稿》〈四行四首──答贈海上高嘘雲中尉〉此首之第四首，此時留下發表紀錄「《青年戰士報》，1956.05.29」。應該是他個人極為珍惜的一首小詩。

喜馬拉雅山，文學的認知裡就是世界上最高的山脈，如何長成這麼高大，周夢蝶說，原不過是一粒小小的卵石，「是一個夢把我帶大的！」以擬人的手法書寫，山是夢帶大的，一種理想主義式的幻想，勵志型的夢。此詩語言平和自然，如常的口語，頗有童詩的趣味，童真雖是周夢蝶詩的內在特質之一，卻是隱性時多，此詩則天真裎露，如第一句的「微笑」就讓人感覺到兒童促狹、逗弄的趣味性──這一點最難模仿。

其次是對比性的誇張，不可思議，這是周詩受佛經影響的不自覺表現，卵石與第一高峰的距離，令人難以想像，「是一個夢把我帶大的！」卻又那樣輕巧達成了。

這樣的力量是「夢」，「夢」之外，還有什麼？我選擇「愛」，愛的力量可以讓微塵闢開屬於他們自己的天與地！反觀COVID-19那樣微渺的病毒，兩年來攪亂整個地球的民生、經濟、醫學、生命、人性，是另一種相反的想像吧！卻也同樣真實存在。

周夢蝶的詩都有安排韻腳，偶數句末「己」、「的」

可以視同協韻，所以我的和詩也安排協韻，我依樣採
ABAB式。這些算是枝微末節，但是卻顯示我慎重其事，
詳細閱讀原詩那種敬意。

　　又，微塵是佛教語。色體的極小者稱為極塵，七倍極
塵謂之「微塵」。《大毗婆沙論》：「應知極微是細色。
不可斷截破壞貫穿，不可取捨乘履搏掣，非長非短，非方
非圓，非正不正，非高非下，無有細分，不可分析，不可
睹見，不可聽聞，不可齅嘗，不可摩觸。故說極微是最細
色。此七極微，成一微塵。是眼識所取色中最微細者。」
（卷一三六）我應用了其中的句子入詩。

破字訣──敬和周夢蝶〈四句偈〉

■蕭蕭

地球每天破蛹而出，尋得蝴蝶夢
濁黑之中乍然一線白

蝴蝶知悉：勇於面對一片白──
破浪，才有生命的色彩

　　　　　　　　　　　　　　　　　──2021.07.10

〈四句偈〉

■ 周夢蝶

一隻螢火蟲，將世界
從黑海裡撈起──

只要眼前有螢火蟲半隻，我你
就沒有痛哭和自縊的權利

　　　　　　　　──選自《風耳樓逸稿》〈四句偈〉

〔跋〕

　　《風耳樓逸稿》由高師大曾進豐教授所輯成，收錄
周夢蝶一生發表而未納入詩集之散逸詩作約60首，編者認
為詩人關注的素材漸次拉寬，表現手法精進嫻熟，呈現風
格之發展變化，其重要性不言可喻。初版於2010年，原由
印刻發行，目前納入《夢蝶全集》詩卷二，改由掃葉工房
（2021）出版。

　　此詩獨立一首，標題就直接定為〈四句偈〉，「偈」
是梵語Gatha的音譯（偈陀），又簡化為單字的「偈」，
內容則是頌詞、讚歌之屬，傳到中國特別指稱佛教信徒的
悟道之作，最有名的是六祖惠能的「菩提本無樹，明鏡亦
非臺。本來無一物，何處惹塵埃。」「偈」，不論字數，

但一定是四句，有人認為「偈」的字義可以訓為「竭」，竭就是盡，一首四句詩可以「攝盡其義」就是「偈」，這個「含無窮義」的定義，倒是蠻適合臺灣詩學季刊社正在推展的「截句」書寫宗旨。

此詩先說螢火蟲微光一起，世界的黑海就不能說是黑海，以微小的力量破除了巨大的黑，對抗巨大的脅迫，所以，你我豈能因為壓力而沮喪、消極，甚至於傷害自己。此詩頗有勵志的鼓舞之力。詩中出現兩次螢火蟲，第二次出現時是「半隻」，即使是半死不活的螢火蟲，都該給我們這樣的啟發，十分有力！

周夢蝶的四行詩排列只有兩種形式，一種是四行結一，一種是兩行對立，此詩劃分為二，是因為螢火蟲由一隻而半隻，需要兩離的象徵義？

「我們」，通常也說成「你我」，但周夢蝶改為「我你」，沒錯，正是為了諧音第二行的「撈起」、第四行的「權利」。

敬和的〈破字訣〉，應用了「破蛹而出」、「破浪而行」兩個勵志的成語，以地球上看見日出的曙光，與毛毛蟲破蛹而為蝴蝶相互為喻，最後以蝴蝶高飛在浪花上，圖寫勇者的色彩。

月橘的祈願——敬和周夢蝶〈雨荷〉

■蕭蕭

風中的月橘

不盼千里聲名、百里駝鈴、七里香逸

只祈願一片月光鋪展幾點霜白

那人的喘息不在關外不在窗外就在現在

——2021.07.11.

〈雨荷〉

■周夢蝶

雨餘的荷葉

十方不可思量的虛空之上

水銀一般的滾動：

那人輕輕行過的音聲

　　　——選自《十三朵白菊花》〈四行一輯八題〉之〈雨荷〉

〔跋〕

　　荷本該有詩。荷花、荷葉，田田、連連，有詩。風

中、雨餘，有詩。盛放、枯殘，有詩。所以周夢蝶有兩首詠荷的四行詩，一首〈風荷〉，一首〈雨荷〉，這兩首詠荷詩雙雙出現在詩集中，又出現在札記裡。詩集是《十三朵白菊花》裡的〈四行一輯八題〉，札記是《夢蝶全集》（札記卷）《其它札記》〈我打今天走過〉（又題：〈六花賦〉）之「六之二──風雨詠荷」。

這裡敬和的是〈雨荷〉。

攝影者都喜歡捕捉荷葉上雨珠滾動的影像，那種無法歇止的雨珠滾動，隨時變換不拘，隨時改動相對位置的構圖設計，充滿了神祕不可預期，但詩人卻將那荷葉的雨餘，形象化為「水銀一般的滾動」，情意化為「那人輕輕行過的音聲」，這詩就有了情意的期盼！

這樣的情意的期盼，就是詩意的原發處，所以，雅和的作品就從這裡觸發。

月橘，有另一個更為眾人所知的名字：七里香，其實不只是七里香，她還叫：九里香、十里香、千里香、萬里香、滿山香、九秋香、九樹香，香遍滿山滿野，香遍古往今來。詩人會不會從這些通俗的稱呼想到誇飾的量度，花香千里萬里，純樸的農人都已經這樣誇飾了，詩人呢？詩人更應該進一步想的是，這是月橘的最初心願嗎？擬想中的少女只願思念的「他」在千里萬里外聞到我的體香嗎？所以，〈月橘的祈願〉就逐漸成形了！

　　周夢蝶的「水銀的滾動」和「那人行過的音聲」是諧韻、互動的，「和詩」裡「幾點霜白」的香息也跟「不在關外」、「不在窗外」、「就在現在」相通相協。只有四行，更須講究吧！

圓月總是西斜
——敬和周夢蝶〈細雨濕流光——詠春草〉

■ 蕭蕭

不管唐宋的上元、中元或明清下元

子時馬車一到

說斜就斜。無視於情人身上

繾綣的絲線如何收回

　　　　　　　　　　　　——2021.07.12

〈細雨濕流光——詠春草〉

■ 周夢蝶

誰知野火已燒過多少百千萬億次？

根拔而心不死

說綠就綠。乃至

無視於春風之歸與不歸

——選自《有一種鳥或人》〈病起：四短句〉

之〈細雨濕流光——詠春草〉

〔跋〕

　　周夢蝶詩集《有一種鳥或人》裡的〈病起：四短句〉，這四短句是四首短章、小詩，並不完全是四行詩，其中甲篇〈細雨濕流光——詠春草〉與丁篇〈中元河上〉屬四行詩。也就是說，周夢蝶早期的詩集（除《還魂草》外）有著較多的四行類型的組詩，其後則隨詩的內容有所增添。換句話說，四行詩可能是詩的起點，但絕非是詩的終極目標。

　　白靈最早為「截句」定義時，有兩個要件：一、可以是新製、也可以是裁製。二、詩行限定四行以下，三行、兩行、一行都可以稱為截句。時至今日，我看新製為多，裁製已少有人費工、費心了！行數也大多確定為四行，因為推展俳句者，有主張三行（如懷鷹的五言+七言+五言），有主張兩行（如洪郁芬的華文俳句，一行詩+一行季語），有主張一行的（如掌門詩學刊、邱各容的臺灣俳句，即以一行詩：三言◇四言◇三言合成一行），不如就

讓這三行以下的去磨鍊俳句美學，截句也者就專心經營四行乾坤！

　　周公這首〈細雨濕流光──詠春草〉，化用白居易「野火燒不盡，春風吹又生」的生命活力，但在詩末轉出「無視於春風之歸與不歸」，去呼應詩題的〈細雨濕流光〉，一種潛藏的真正的生命活力之所存，在雨不在風，在地不在天。

　　和詩，這一次只保留相關位置的「說綠就綠」，改為「說斜就斜」，並襲用「無視於」，其餘詩意、詩象都不相襲，且從天象發展為人情，可以視為是另一種轉化吧！

率筆四行──敬和周夢蝶〈率筆四行〉

■ 蕭蕭

子絕四：毋意毋必毋固
毋「我」，就不會有臆測、武斷和執著
那就歸還毛髮給草木、頭顱給五嶽、氣血給江海

然後，我深深深深顫慄：心呢？

　　　　　　　　　　　　　　　　　　──2021.07.13

〈率筆四行〉

■周夢蝶

一切都去了，於是

一切都來了。

於是，我深深深深的顫慄於

我赤裸的豪富！

　　　　　——選自《有一種鳥或人》最後的附錄〈率筆四行〉

〔跋〕

　　後期的周夢蝶詩作，語言放緩放鬆了許多，以四行詩而言，《有一種鳥或人》裡的四行詩，幾乎不再安排韻腳，自然成律就好，率意而行，另有美感。

　　〈率筆四行〉是《有一種鳥或人》最後的附錄，是抄謄自周公手稿，署明「二〇〇九年九月二十九日」，語言更是率真、舒放，彷彿領悟了結束就是開始，充滿著朝氣、豪氣！

　　前面說過，周夢蝶的四行詩排列只有兩種形式，一種是四行結一，一種是兩行對立，但當率意而行時，可不可以突破為3+1或1+3的句式？所以，這次的和詩，採用了3+1的行式，讓三行之後空出一行，讓詩留下極大的空

白，容留迴轉的大空間。

　　此次的和詩，一者襲用題目，但「率筆」的方向不同，二者襲用了詩句「我深深深深的顫慄」，但顫慄之事完全相異。去聲的「和」與平聲的「和」，似乎在詩人的斟酌間可以有很大的迴轉保留地。

　　又案，古來傳說：「昔盤古氏之死也，頭為四嶽，目為日月，脂膏為江海，毛髮為草木。」秦漢間俗說：「盤古氏頭為東岳，腹為中嶽，左臂為南嶽，右臂為北嶽，足為西嶽。」先儒說：「盤古氏泣為江河，氣為風，聲為雷，目瞳為電。」或云：「盤古氏喜為晴，怒為陰。」（任昉：《述異記》等）

〈請茶浮上來〉
——雅和並借字蕭蕭〈讓乾坤坐下來〉

■白靈

這水製的席　　色心透明
今晨摘下的整座山浮在一葉茶上

夜臨時　　布置了一壺天地的玉指
輕輕提起的　　正是沉沉欲眠的我

【原截句詩】〈讓乾坤坐下來〉

■蕭蕭

這布製的席　　顏色素樸
可以讓整個乾坤靜靜坐下來

那布置茶席的玉手正輕輕提起
沉沉的鐵壺

——選自2019年8月22日facebook詩論壇

〈抖落7〉
——雅和蕭蕭〈茶之靈7〉

■白靈

茶香抖落自己的腳　和身子
什麼都沒有地　飛離水面
我僅能想像一隻隻奈米小蝶
起飛的英姿

【原截句詩】〈茶之靈7〉

■蕭蕭

一如高音清揚
茶　一再抖動她的靈魂的外衣

——選自2019年9月7日蕭蕭個人facebook

〈沒有風，哪有皺褶〉
——雅和並借句蕭蕭〈沒有了然，哪有一切〉

■白靈

天下所有的問題
不一定都有風清掃

風掃過的足跡，在荒漠上
驟然的游出水的皺褶

【原截句詩】〈沒有了然，哪有一切〉

■蕭蕭

天下所有的落葉
不一定都有和尚清掃

我走過的足跡，在雪地上
驟然的空與了然

——選自蕭蕭《大自在截句》，頁35。

〈退休日〉
——和蕭蕭同題詩

■白靈

一聲蛙鳴叫暗了黃昏

池上猶有曖曖含光的水色
咬住一條細彎慢轉的路

時光附耳說：安安靜靜回家囉

【原截句詩】〈退休日〉

■蕭蕭

箭射過來的那一刻

作為靶的我一點也沒有迎上前去的念頭

昨夜吐落的口香糖有些黏性又不太黏

有些甜味又算不上甜

　　　　　　　　　——選自2018年1月22日facebook詩論壇

〈心裏的沙與漠〉
——雅和蕭蕭〈沙與漠〉

■白靈

心的引擎累世轉得不順

何不冒險取出引擎裡的沙

想這一生就能群馬嘯湧追得上

總漠漠飄然於天邊的　　你

【原截句詩】〈沙與漠〉

■蕭蕭

如果能把累世的

眼裡的沙

取出、鋪放

漠漠相連就是這一生奇特的景觀

——選自 2018 年 1 月 21 日 facebook 詩論壇

註：

1.南朝齊・謝朓〈游東田〉：「遠樹曖阡阡，生煙紛漠漠。」（漠漠，隨意散置貌）

2.唐・王維〈積雨輞川莊作〉：「漠漠水田飛白鷺，陰陰夏木囀黃鸝。」（漠漠，密布羅列貌）

3.唐・杜甫〈秋日夔府詠懷奉寄鄭監李賓客一百韻〉：「兵戈塵漠漠，江漢月娟娟。」（漠漠，灰濛昏暗貌）

4.宋・秦觀〈浣溪沙・漠漠輕寒〉：「漠漠輕寒上小樓，曉陰無賴似窮秋。」（漠漠，寂靜無聲貌）

〈龍隱後的以後〉
——雅和蕭蕭〈龍隱之後〉

■白靈

「進來吧」，但見山門外
濕漉漉的鱗尾閃扭一下

「小弟不才，造次了」
雲旋入，心中那株荷霧裡消失

【原截句詩】〈龍隱之後〉

■蕭蕭

小弟不才，豈敢造次
那聲音剛落
迷路的雲追著霧慢慢漫起

荷葉下不見首不露尾，有蛇扭動漣漪

　　　　　　　　──選自2017年4月23日facebook詩論壇

註：句因辛牧、白靈而興，意則在水雲間喘息。

〈我的心有好幾個洞〉
——雅和蕭蕭〈我藏著一片草原〉

■白靈

一個洞　蛇一條小溪
一個洞　風箏一隻老鷹

另一小洞挺了很久
刻雷電收流星的黑黑草原

【原截句詩】〈我藏著一片草原〉

■蕭蕭

我就是藏著一片草原
不怕響雷閃電

——選自2017年4月19日facebook詩論壇

〈觀星〉
——雅和劉驊〈夜讀〉

■曾美玲

故事醒過來
星星各自摩拳擦掌

夜空虛擬舞臺上，真實演出
又笑又淚，一幕幕人生

【原截句詩】〈夜讀〉

■劉驊

詩睡著了
每一個文字都擁著自己的睡姿

燈，懸在月上
靜靜照亮每一句醒來的鼾聲

——選自2021年6月27日facebook詩論壇

〈確診者〉
──雅和白靈同題詩

■曾美玲

無論白晝或黑夜，當一輪輛接力救護車
從囚禁多日窗口尖聲呼嘯而過
指揮官口中不停攀升，求救的數字
全都虛弱躺下，持續高燒

【原截句詩】〈確診者〉

■白靈

螢光幕上全島繼續跳增著病毒
官威何止十足,凜凜踩凹我們眼球
又有人從橋上自街角由廁所

跳進指揮官嘴中冷冰冰數字裡了

──選自2021年6月15日facebook詩論壇

〈被新月割瘦了一圈〉
——雅和白靈〈夜聞落果聲有感〉

■曾美玲

被新月割瘦了一圈的，不只是床
還有忘不了的黑色往事和酸酸的淚
在夢的迷霧森林裡，跌跌又撞撞
打翻一整鍋煮沸的思念

【原截句詩】〈夜聞落果聲有感〉

■白靈

寒流一來　　百香果
隕石似咚咚咚掉了一地
心炸開來　　籽籽酸酸的

新月如刃　　床被割瘦了一圈

——選自2021年1月27日facebook詩論壇

〈神話〉
——雅和無花〈舞〉

■ 曾美玲

相戀的時候
月光下，你邀我跳第一支舞
從此愛情跟隨地球自轉
直到永遠

【原截句詩】〈舞〉

■ 無花

分手的時候
你邀我跳最後一支舞
我唯有哭抱著地球
做最後一次公轉

　　　　　——選自《不枯萎的鐘聲：2019年臉書截句選》，頁139。

〈另一種雨的變奏〉
——雅和靈歌〈雨的變奏〉

■曾美玲

雨
是為了將壓抑的想念傾倒
成河，而淚滴
淚滴是比較鹹的珍珠

【原截句詩】〈雨的變奏〉

■靈歌

雨
是為了將凹凸的馬路磨平
成鏡，而倒影
倒影是比較滑的風景

　　　　——選自《不枯萎的鐘聲：2019年臉書截句選》，頁246。

〈玫瑰〉
──雅和卡夫同題詩

■曾美玲

親愛的，請張開雙臂
溫柔擁抱全身的刺與傷
冰山的偽裝將秒速淚崩
你會聽見，血紅的心跳

【原截句詩】〈玫瑰〉

■卡夫

讓我緊抱著
身上就不再有刺
血流完了
心還是比你紅

──選自《臺灣詩學截句選300首》，頁46。

〈愛情〉
——雅和邱逸華〈遠距〉

■郭至卿

在海洋中
佔據一座花香的島嶼
又要在島嶼裡養出
一汪大海

【原截句詩】〈遠距〉

■邱逸華

承諾懸於天際
愛情卻握在掌中滑動。任憑你
給出聲音、素顏或更低下的
包裝與赤裸

——選自2021年5月19日facebook詩論壇

〈魚尾紋〉
──雅和林廣同題詩

■ 郭至卿

時間倚在身上，黏膩如戴上手銬

滲入腳底，一起編寫掌紋

走累了，沿膝蓋骨往上爬

柏拉圖式情人，斜枕你眼窩旁長吻

【原截句詩】〈魚尾紋〉

■ 林廣

那是耳朵聽不見的尾韻

輕輕，從眼睛游出來

定居在時間漸漸荒蕪的邊陲

──選自2021年5月19日facebook詩論壇

〈蒼白的春天〉
──雅和白靈〈失聲的蛙〉

■郭至卿

疼遍每一寸土地的河流在地圖上哭泣
槍砲聲淹沒被綁靈魂的脊骨
春天生病了，中南半島的花園
爆發廢墟的冬天

【原截句詩】〈失聲的蛙〉──2021在緬甸

■白靈

伊洛瓦底江暮色於士兵的槍口黯淡了
過街百姓在仰光街頭怒著安達曼海
大金塔底佛的八根髮開始說法了
聽法的蛙夜夜不敢叫好

──選自2021年5月16日facebook詩論壇

〈回憶〉
──雅和胡淑娟同題詩

■郭至卿

翻找舊背包

迷戀重播老鷹箭形駕馭天空的姿勢

複製畫面是一種欲望

或是某種光

【原截句詩】〈回憶〉

■胡淑娟

醃漬一罈過往歲月

酸酸甜甜成回憶的泡菜

老殘蒸為一碗風

一起佐來下酒

──選自2019年8月11日facebook詩論壇

〈花之截句〉
——雅和雲朵同題詩〈花開〉、〈花謝〉

■郭至卿

〈花開〉

一山木訥的樹林
蝴蝶作媒穿梭風
看哪！
整座笑容綻放的三月

〈花謝〉

枯萎是一紙收藏的手繪名信片
畫者已走遠
那瓣飄落臉紅的愛情
掌間熟透果實的味道

【原截句詩】〈花之截句〉

■ 蕓朵

〈花開〉

原本是蘊藏一年的希望

選在火熱的天

傳達最瞬間的美麗

你的鏡頭沒有忽略，小小的願望便開滿了星星

〈花謝〉

當時間走過，人影走過

你走過

花也走過，舞臺上過過一場戲

便謝幕了

——選自2019年6月22日Facebook詩論壇

〈煮詩論月〉
——雅和寧靜海同題詩

■郭至卿

別說掛在夜空那把彎刀會殺人
就怕一陣風再磨尖亮度

夜晚流動的聲音，常使眼框
溺斃在月光裡

【原截句詩】〈煮詩論月〉

■寧靜海

將虛胖的詞掛上弦月
一把篝火烤出乾脆的語感
然後拿來下酒

——選自2017年7月19日facebook詩論壇

〈聲音的駭浪〉
——雅和劉驊〈聲音的美學〉

■ 寧靜海

就從山上土石集體脫序開始

闊葉的斷掌，老樹的殘肢

森林裡，無數顆眼球四處奔逃

是夜，暴風搧過一間茅草屋的耳光

【原截句詩】〈聲音的美學〉

■ 劉驊

撞我以春天

我響你以宏亮的花香

我是鐘

懸在你眼前

——選自 2021 年 6 月 24 日 facebook 詩論壇

〈絕〉
──雅和漫漁〈分〉

■寧靜海

鏡之內
看過的人都長滿了刺

鏡之外
一朵野玫瑰開在她的傷口上

【原截句詩】〈分〉

■漫漁

鏡子外
她擦拭兩扇漏雨的窗

鏡子裡
他的玫瑰枯萎了

──選自2019年10月14日facebook詩論壇

〈截句〉
——雅和林廣同題詩

■寧靜海

將信仰的那個
脫掉，停止繼續腦補
或者說話

這個世界看起來就乾淨許多

【原截句詩】〈截句〉

■林廣

小小尺寸。隱藏
歲月深深淺淺的轍痕
開展生命線條可能的
最大版本

——選自2018年8月18日facebook詩論壇

〈重逢〉
──雅和沐沐〈久別〉

■寧靜海

那一片霧
在屋外已經站了許久

而窗只是冷冷地注視著

【原截句詩】〈久別〉

■沐沐

這家咖啡館的桌面也太寬了

正想開口說些什麼
妳卻輕咳了一聲

──選自2018年6月13日facebook詩論壇

〈愚技，之一〉
──雅和無花〈心有餘悸，之一〉

■ 寧靜海

一步兩步
我誠實複製你們

以肉身解放彼此信仰
練習死亡的姿勢

【原截句詩】〈心有餘悸，之一〉

■ 無花

以青春的畫筆
臨摹活著的屍體

於時間的河岸
我們集體游向死亡

──選自2018年3月19日facebook詩論壇

〈候鳥〉
──雅和白靈〈澎湖〉

■寧靜海

你的寂寞很澎湖
島上除了石頭還有風聲

每一雙貓眼都住一座海
漂著另一端的　你

【原截句詩】〈澎湖〉

■白靈

連貓都懂：什麼是陳年精釀的寂寞
每個角落都剪得下一張風聲

每顆人頭都被海淋過
每塊石頭都站過一隻　燕鷗

　　　　　　──選自2018年3月12日facebook詩論壇

〈海的原因〉
——雅和白靈〈詩的原因〉

■寧靜海

彼時為浪和浪的接吻

彼時為船　漂在　船上

【原截句詩】〈詩的原因〉

■白靈

有時是字與字的拍手

有時是心　滴在　心上

——選自2018年2月13日Facebook詩論壇

〈ON〉
——雅和無花〈當今世上〉

■漫漁

我爬上你內心的第二層
整個車廂只有一個人
人多　　有比較不好嗎？
沒有回應　　你OFF很久了

【原截句詩】〈當今世上〉

■無花

剩下空調和雙層巴士在貓步
街道戴好戴滿了口罩

狗找不到老鼠說話，一如
化學兵與消毒後的行人保持社交距離

——選自2021年5月24日facebook詩論壇

〈冰箱〉
——雅和紅紅同題詩

■漫漁

誰說我不往心裡去？

硬塞了好多　好多　好多
霜了又化　化了又霜

那道門，你是故意沒關緊

【原截句詩】〈冰箱〉

■紅紅

你忘了關緊的，那道門
結成厚重冰牆。用更冷的霜雪
抵抗溫暖，進入

不再溶化的裡面

————選自2021年1月26日facebook詩論壇

〈恨不能〉
──雅和無花〈恨是〉

■ 漫漁

瓶中寵花
的嬌　到頭來一世愁

留在腹中的蝶
揮揮　臨摹蜜香

【原截句詩】〈恨是〉

■ 無花

水中餵魚
的夢　醒來一生乾

刻在風面的詩
短短　朗讀湖鏡

──選自2020年12月24日facebook詩論壇

〈乾燥花瓣〉
──雅和無花〈旗魚標本〉

■漫漁

把地球倒掛
讓風穿過自己

顏色和香味都暗下來
一種make believe的永恆

【原截句詩】〈旗魚標本〉

■無花

一點清水
洗掉身上鹽分

無風午後，輕描
昨日相框外翻騰的海線

──選自2019年7月21日facebook詩論壇

〈另一半〉
——雅和沐沐〈一半〉

■漫漁

你說過的話都讓橡皮擦掉了
重新開始的那張白紙　其實

有點髒

【原截句詩】〈一半〉

■沐沐

妳說只有鉛筆心才容易碎裂
就開始咬唇死勁兒地寫著自己

當作是他

——選自2019年1月11日facebook詩論壇

〈倦途〉
──雅和傑狐〈旅人〉

■漫漁

路　厭倦了被不斷走過
腳步的回音重複

燈下的影子　因過度堆疊而
抹得更　黑

【原截句詩】〈旅人〉

■傑狐

人只是不斷路過
不被允許上路的光害
總在上一根燈柱
和背影相殺

──選自2018年11月14日facebook詩論壇

〈決心〉
——雅和無花〈線索〉

■漫漁

為了找到那顆珍珠
他喝了整個海洋

【原截句詩】〈線索〉

■無花

為了尋回一道風
他和每扇窗當朋友

——選自2018年10月5日facebook詩論壇

輯

傾蓋相逢

六

facebook詩論壇聯作優選

【截句雅和聯作：意識篇】

──假裝是○○──（按發表序）

〈假裝是俳句〉

■蕭蕭

五音節跳躍
七言句緊緊跟隨
昨夜的簷滴

〈假裝是咖啡〉

■白靈

胸中終於空出了一座廣場
才聽到蕭蕭經常數的簷滴聲
數久了　五滴雨也數成了七滴

雨滴勝咖啡　滴滴滴進夜的眉心

〈假裝是截句〉

■楊子澗

我截我截我截截
截不出一截截蕭蕭和白靈
我呸我呸我呸呸呸
呸不出呸呸小天后蔡依林

〈假裝是圍觀〉

■白世紀

詹滴終於譜出了一首蕭蕭漢俳
搭配整座白色心靈廣場的夜眉咖啡
那詩人還輕輕呸著小天后，慢慢截去老天王
假裝是假裝的。沒人發現路過一世紀……

〈假裝是你〉

■ 薏朵

跟蹤你的影子假裝是你
影子疊合時，我隱藏自己
偷藏一顆心粉塵大小
假裝是你裝扮成葉下朝露的我

〈假裝是蕭蕭〉

■ 劉正偉

假裝是風，蕭蕭
吹過易水，拂過濁水溪
卻吹不透眼前這詹滴

〈假裝是漣漪〉

■譚仲玲

因為五滴七滴
遂一圈連一圈空成了廣場
呆著也成句嗎？
路過的水點波動出疑問

〈假裝是風景〉

■寧靜海

此地滿是詩餘，每個字等著抽出新芽
左手才舉起霧白靈秀，右手就搖下葉落蕭蕭
若你不倦地深入，涉過山中蜿蜒澗水
繼續朝聖這片境域，管他幾個世紀風雨

　　　　　　　　　　　──選自2017年4月2～5日facebook詩論壇

註：「假裝是○○」雅和系列，是最早出現在facebook詩論壇的截句雅
　　和集創，共有六位詩人參與聯作。

【截句雅和聯作：意識篇】

——○○是什麼——（按發表序）

〈自由是什麼〉

■沐沐

把名字拋向遠遠的海平
獨駕快艇徹夜驅追並且

不覺得自己勇敢

〈恐懼是什麼〉

■紅紅

週末他們決定待在家
街頭旁邊

最安全的地方

〈真相是什麼〉

■無花

海面沉沒的斷翼肢解高樓墜落的浮屍
街頭燒紅的獨眼直視水炮噴射的毒舌

無法蒙面的港口，平安對話

〈無知是什麼〉

■寧靜海

每一滴血都是野火
每一滴眼淚都是子彈

爬上高樓逃避恐懼揭發真相以為自由

〈謊言是什麼〉——公民多選題

■漫漁

A）槍枝拒馬催淚瓦斯是用來保護人民

B）戴王冠的都不會變種變態

C）蘋果咬巫婆不需要負責任

D）以上皆非

——選自2019年10月12～？日facebook詩論壇

【截句雅和集創：文具篇】

（按發表序）

〈一半〉

■沐沐

妳說只有鉛筆心才容易碎裂
就開始咬唇死勁兒地寫著自己

當作是他

〈另一半〉

■漫漁

你說過的話都讓橡皮擦掉了
重新開始的那張白紙　其實

有點髒

〈立可白〉

■沐沐

那些說了的都被妳給吃了
可妳仍保持難以置信地純潔無瑕

就是胖了些

〈板擦〉

■漫漁

你儘管抹黑我原本純潔的宣言
身上的塵便是良知剝裂的記號

心虛地落下

〈釘書機〉

■ 胡淑娟

如蜂的毒針
一次次叮咬多肉的妳
不放
將我們互纏的哀傷永遠釘牢

〈修正液〉

■ 寧靜海

生命中的那一抹
該說話的
又何必留白？

〈粉筆〉

■ 李學長

不論是誰寫下的海誓山盟
鐘聲響起後散成落葉滿地
僅只隨興塗鴉

〈修正帶〉

■ 寧靜海

痛不痛？你說呢
皮都脫了一層
還想輪迴成拉練

〈板擦〉

■黃士洲

將每個字
粉身碎骨

〈鉛筆〉

■玉香

整天被剝皮
都不曾問我痛不痛
還沒有走到終點站
就狠心被拋棄

—— 選自2019年1月11～13日facebook詩論壇

【截句雅和集創：通訊篇】

（按發表序）

〈如不留言〉

■邱逸華

分手了，指尖卻慣性按下快速鍵
斷藕還有絲，光纖延伸

「您的電話將轉接到語音信箱」
愛情早已失聲，請掛斷

〈您撥的愛情本是空號〉

■無花

已經接通
按下上一次被掏空的密碼

恭喜。再度通關
悲傷的指紋愛過弧線唇印的吻痕

〈您撥的電話未開機〉

■紅紅

分針上上下下
偷走我的早上六點半

天亮了
你又打贏一場勝戰

〈不接聽〉

■漫漁

手機又響了，顯示來電者：
「接了會後悔」

愛情的通訊錄上
將彼此刪除

〈這個號碼已改號〉

■ 寧靜海

從未習慣你已不在
只是思念找不到門號

我的房間裡
雨　又下了一整晚

〈未顯示來電〉

■ chamonix lin

閉上眼，卻聽到稀微的鈴聲
GPS訊號未受影響
再次不請自來
響起我關機的心

〈耳鳴又犯〉

■語凡・新加坡

手機又如鬧鐘在耳鳴
那是你從來世撥至的
「來電末接」
我困頓在今生的長相廝守裡

〈視訊〉

■宇正

終於在網裡尋獲魚蹤
撥通了我斷斷續續的心

「哈嘍，你聽得見嗎？」
我的所有思念，無聲無影。

〈迴聲〉

■澤榆

後來買了個號碼，設你名字
往後每次撥打都有人接聽
說的每句都有同樣回應

房　接通後　特別空

〈忙線中請稍候〉

■玉香

久候的愛情
等到都天荒地老了
怎麼還是
無法，插播

〈一直跳號〉

■謝祥昇

紅紅的眼，花了
華而不實的號碼開始變冷

魚顫抖著雙鰭，不斷
在海裡撥著

註：詩中「紅、花、華、冷、魚（漁）、海」為六位詩人之暱稱。

〈電話牆〉

■李宜之

嗯是哦噢
標點著你我的距離

恍惚間夢醒
你還在自言自語

〈您撥的電話無回應〉

■ 胡淑娟

愛情到最後

退化成一根麻木的指頭

重複撥出去的訊號

已受到不良干擾

〈嗯，嗯，嗯〉

■ 姚于玲

又走入那道封塵峽谷

我們的話是回音

冷風忙著打探

各自收聽的心情

　　　　　　——選自 2019 年 7 月 18 日～19 日 facebook 詩論壇

【截句雅和集創：饗宴篇】

──美食之術──（按發表序）

〈日式炸蝦〉

■邱逸華

去殼剔腸斷筋，肉體旋轉延伸
只露出豔紅的小蝴蝶，等待
硬挺酥鬆的衣物被咬開

卻聽見最後的噓聲（竟然這麼小）

〈鰻魚丼飯〉

■無花

刺已被清除，肉身貼在砧板上
攤露空蕩的腹肌，等待
生命最莊嚴的火煉爆裂外皮保存肉汁

饕客口裡死而復生的吱吱聲（皮肉好嫩）

〈珍珠奶茶〉

■紅紅

他說理想的關係必然是性與靈
50：50的平衡容許誤差正負5

我邊走邊想邊喝著甜度冰度都
不正常的愛情配方（居然超好喝）

〈壽司〉

■宇正

赤裸的底蘊，切片
琉璃半透明的光敷上飽滿圓潤

誰上誰下，都輕輕沾醬
塞進滿滿的一口（偶一吸！）

〈開花的毛豆〉

■海角

流言是囂張火舌　攪黃了一池清湖
坊間的蜚語堆成高山往下壓
鹽醋在唇齒間恣意　隨君添加

該都叫他們來嚐一口自製佳餚（滋味自知）

〈一夜干〉

■謝祥昇

洗淨，妳身體的原產地
保留那赤裸風味

我浸以近似的鹹濕，風狂
一夜，乾

〈味噌湯〉

■語凡・新加坡

三兩白色豆腐潔身浮沉
一池熱湯正好泡走天寒

蔥花點綴江湖的滋味
每一口都是，泳過的東洋（偶跟隨美滿）

〈涼麵〉

■姚于玲

煮一鍋熱水，撈起燙好的麵條
一碗牽掛上桌，備用
清爽醬汁為妳消暑

朝思暮想的熱臉卻很冷（竟那麼酷）

〈海鮮丼〉

■梁傑

舌尖留戀於，保食神的浮世繪
饕餮裸泳，在環海的島嶼窺視

那些坦蕩的胸肌腹肌啊
每次魚躍，皆是花見（大叔愛嚐鮮）

〈地獄拉麵〉

■漫漁

油鍋裡，咱們一起熬出
雪裡的燥紅

在汗水中大聲吸吮
才是進入天堂的禮儀（毆海鷗）

〈流水席〉

■寧靜海

號角響起，蝦兵蟹將聽我令
兩爪四蹄森巴踩街，一魚當道

鍋臺炒作肚腸，熊掌打臉獅子頭
拳拳到胃，清酒黃酒過了喉嚨（甕中捉鱉）

──選自2019年7月25日～27日facebook詩論壇

【截句雅和集創：饗宴篇】

——飯飯之道——（按發表序）

〈炒飯〉

■ 王勇

誰叫你愛炒作
冷臉貼熱屁股
香噴噴的字花
跳出鍋來擊掌

〈白米飯〉

■ 寧靜海

可以談一談嗎？
你不在的時候
生米煮成熟飯
我有罪

〈糙米飯〉

■無花

去掉皮層稻殼

還是沒把潔白的話烘乾

只是從手到嘴的粗糙距離

藏在生活裡面的碩果，更為健康

〈蛋炒飯〉

■漫漁

這就是我們對愛情認知的落差

妳覺得是摻了雜質

我覺得

添加樂趣

〈隔夜飯〉

■朱名慧

我很普通。蛋他說
每一盤成功的炒飯背後
都有一碗冰了一夜的，米飯
要鬆要彈要，粒粒皆辛苦

〈蛋炒飯〉

■趙紹球

大家都在混口飯
聲東也要擊西
蛋白蛋黃講均霑
不能重北輕南

〈稀飯〉

■蘇榮超

稀有日子裡
每一粒黏稠的靈魂
都是優雅瓊漿
神奇的腐朽

〈討飯〉

■漫漁

從來就是我佈施
而你只坐在路邊
看見愛情，就
敲敲空碗

──選自2018年10月15日～22日facebook詩論壇

【截句雅和集創：用品篇】

（按發表序）

〈漱口杯〉

■邱逸華

站在歲月當口
保持舌戰的距離
兩張嘴，沒少吐過
愛恨的濁沫與苦水

〈漱口杯〉

■玉香

我們早晚相濡以沫
唇齒相依
你親口餵食的每一口
我呸

〈漱口杯〉

■卡路

早晨你我漱一口
互吐薄荷味的感嘆號
重複著日子，保持
乾淨，沒有言語的舌戰

〈漱口杯〉

■無花

你一口，我一口
受損琺瑯質被薄荷泡沫淹沒
日子還是會被弄得更髒的
徒留杯具

〈漱口杯〉

■建德

晨光徘徊杯緣
約見黯淡的舌苔

兩張嘴，岔開日子
蔓生窗外變調的風景

〈空杯〉

■姚于玲

日一刀，夜一刀
臉上青春被光害削割磨損
不堪回憶還是被越挖越滿
難以空杯

——選自2020年12月27、28日～2021年2月？日

facebook詩論壇

【截句雅和集創：湖思篇】

（按發表序）

〈湖思〉

■無花

貓叼來幾滴水聲、你的髮線
是我遊過的河

我坐上極深的湖面
底下無魚了

〈亂象〉

■卡路

蜻蜓點來聖誕鈴聲，你的濃眉
是我濾過的風

我停在極淺的水缸上
底下無花了

〈悟了〉

■ 涓涓

椰影捎來幾葉風聲，你的心跳
是我蓋過的被

你住進潮起的海岸
底下無浪了

〈亂想〉

■ 梁傑

跨過巷口的貓、你的足跡
水窪掀起漣漪

走進金色胡同
窗外下起了魚

〈浪想〉

■ 謝宗翰

夜摺皺整個腦海、我的耳鳴
是你說過的話

你論及有刺的愛情
魚缸無花了

〈天鏡〉

■ 建德

鳥喙上滑跌的晨曦，碎了一地
隨機栽出澄亮的眼

我闔上深淵的倒影
浮雕一場夢

〈亂想〉

■玉香

夜騷動幾片柳葉，飄落湖面
宛如遊戲的魚

貓拉長了身子睜大雙眼
天空露出魚肚

〈海思〉

■黃士洲

二孃孃叫著兩聲：鹽呀，鹽呀
榆樹上的歌聲，是天使開的花

瘂弦坐在深詩的海面
紙上曬滿鹽田

〈湖思〉

■ 李瘦馬

妳掉了幾滴淚，我的心湖
竟有星光折射

走進妳的心穀
誰在那裡種花

──選自2020年12月5日～2021年5月17日facebook詩論壇

【截句雅和集創：空談篇】

（按發表序）

〈廢〉

■漫漁

三分之一的時間睡覺
三分之一的時間工作

剩下的時間　苦思如何
跟自己過不去

〈環保概念〉

■無花

三分之一時間讀詩
三分之一時間寫詩
三分之一時間刪詩

剩下時間搜尋一字；和好，如詩

〈我〉

■卡夫

二分之一　夢裡
二分之一　夢外

在夢外時，人在夢裡
在夢裡時，人在詩裡

〈話選舉〉

■胡淑娟

三分之一在造勢
三分之一在謾罵

剩下的三分之一
悲傷逆流成河

〈普羅米修〉

■梁傑

三分之一的時間捏陶
三分之一的時間生火

禿鷹餘生盤旋啄食贅語
詩人夜夜操戈，戰場詩橫遍野

〈愛〉

■謝情

三分之一的時間作愛
三分之一的時間愛作
三分之一的時間作愛作

剩下的空間在找尋　愛　再不再

〈床〉

■林振任

三分之一的過程是前戲

三分之一的過程在抽菸

其餘的過程汗水淋漓

兒童不宜

〈環保概念〉

■劉正偉

三分之一時間種花

三分之一時間摘花

三分之一時間葬花

剩下時間搜尋一字：蕪

〈廢〉

■ 玉香

三分之一時間歪掉
三分之一時間矯正
三分之一時間凋萎

剩下時間蒐尋一字：暈

——選自2018年11月10～？日facebook詩論壇

【截句雅和集創：愛情篇】

（按發表序）

〈仙人掌與愛情〉

■邱逸華

向外征討的身體
帶著乞憐的意志回來

他們用眼淚養肥多肉的刺
再一根一根將痛拔除

〈荔枝和愛情〉

■無花

等風等雨，等臉色變綠
等新的砂子吹入日子的眼睛

等身體長出更尖銳的刺
指向下一頭爬越荒漠的慢牛

〈蘋果與愛情〉

■李宜之

那芳香不需要勸誘　　蛇是替罪羊
那每一口短信影像　　誰是誰的肋骨

虛擬的多汁是腦迴路啃出來的
能留下來的　　是酒還是醋

〈文旦與愛情〉

■黃士洲

是邱比特那支箭，射後不理的
一滴淚。宛若被詛咒的相思

甜膩多汁的愛情被層層隔膜分離
關禁比綠島更慘綠的厚牆果皮監獄

〈葡萄與愛情〉

■ 謝祥昇

攀爬的青春，一串串

錯過的季節，我們
早已釀成了酒
而妳，是唯一配得起我的酸澀

〈榴槤與愛情〉

■ 趙紹球

總是善於等待
墜地的結果

再多的刺，也會被捧著
剝開對味的內心

〈柿子與愛情〉

■吳詠琳

深秋的一抹陽
燦燦的盛放，烘烤柿子

豐滿身體藏著軟綿甜而不膩的愛情
風乾。綑綁靈魂保存青春期

〈臭豆腐與愛情〉

■趙紹球

聽說愛意
都是從討厭的味道開始
招惹。牽著鼻子
從此圈粉相投

〈豬腳與愛情〉

■顏信如

熟讀你的全身部位
執刀割斷自由的筋脈

柴米油鹽，在爐上反復煎熬
你的硃砂痣淪為一淌淚漬

〈洛神花與愛情〉

■玉香

總是噘起小嘴，向我索吻
糖漬過的愛情容易發酵

醉了之後
才驚覺是誤會一場

〈雞蛋與愛情〉

■簡淑麗

孕育薄薄的殼
深怕汁液變了質

晨風吹裂敲擊的鍵
啄食夜的餘燼

〈愛文與愛情〉

■謝宗翰

太熟了，終究得分離

悠然的褪去紅衣，裸躺瓷皿中
也可以互吮彼此的體液
於切割面啃食帶皮的高潮

〈向日葵與愛情〉

■ 楚淨

模仿你的表情不需理由
眼眸深處映著你的翩翩風采
無怨地追隨從清晨到日暮
聚焦成一季的青春無悔

〈蝸牛與愛情〉

■ 林廣

我的愛，一向慢熟
慢。是我的罩門。慢。慢。再慢

我的體液緩緩迤邐過沙地的粗礪
她卻始終看不見那一行糊掉的天長地久

〈海鳥與愛情〉

■卡路

我的愛，或飛翔，或著地
慢，慢會讓我從日子上摔下來
我的翅膀沒有標籤方向
她始終看不見無盡疲憊的海闊天空

〈倒刺與愛情〉

■文靜

每一個冬天
我都在打磨你遠去的背影

直到變成指頭上一根無用的刺
再一口氣拔掉

〈仙人掌與愛情〉

■ 張舒嵎

在沙漠裏，尋找綠洲上
肥潤的愛情
兩團刺蝟擁抱的　愛

刺　的是自己，痛　的是戀人

　　　　　——選自2020年12月1日～2021年6日8日facebook詩論壇

【截句雅和集創：理由篇】

（按發表序）

〈看花要在無花的時候看〉

■李瘦馬

因為無花
才能看見不是在看見裏的看見

譬如，透過詩契合彼此的心靈
譬如，在微笑中傳遞美的眼神

後記：

誰能在無花的時候看見滿園盛開？你久久凝神於無有一
花的山野櫻，而一朵微笑自你嘴角微微綻開，呀，微笑
是花。

〈漁人要在魚漫出的時候捕魚〉

■ 無花

你愛得起
魚身後那面海？

一如，珊瑚產卵期是生命中水性的碰撞
一如，海灘是浪花回歸天地最終的岸線

〈採花要在花朵豔麗的時候採〉

■ 星垂平野

你看得見
海裡漫出的魚？

一如，偶然出現的彗星經過上帝的安排
一如，港灣是浪子情愛回歸最終的定錨

〈瘦馬要在草枯的時候瘦〉

■黃士洲

你跑得完
童年那片草原？

恍如，每片草原底下都藏有無數黯然的鬚根
恍如，每片綠葉為攀爬天空而刺破所有黑夜

〈過江要在江水洶湧的時候過〉

■漫漁

誰敢說，江水因鯽而澎湃
還是，鯽魚因江而紛亂

一如：前進的馬匹只看到懸在眼前的花
又如：撞岸的浪花只嗅到洄游港口的魚

〈黃葉要在繁華落盡的時候黃〉

■ 胡淑娟

誰說，死是禁忌
唯有放下自己

恍如，秋天的清晨是退場的機制
又如，優雅轉身聆聽墜地的傷痕

〈爛泥要在放晴的時候爛〉

■ 寧靜海

你忽略的是
每一滴雨必然打中淹水的地方

知否，泥土下隱忍著多少不起眼的掙扎
知否，所有濕透的花選擇晴天開到荼靡

　　　　　　——選自2019年5月2～？日facebook詩論壇

【截句雅和集創：廢墟篇】

（按發表序）

〈廢墟〉

■紅紅

沒有門窗

想你的時候
不想你的時候

〈想妳〉

■無花

沒有廢墟

都是門窗
都不是門窗

〈門窗〉

■黃士洲

沒有想妳

都是廢墟
都不是廢墟

〈沒有〉

■謝祥昇

廢墟想妳

都是門窗
都不是門窗

〈時候〉

■澤榆

廢墟門窗

想你的沒有
不想你的沒有

〈妳的〉

■宇正

沒有時候

廢墟想門窗
廢墟不想門窗

〈囿〉

■寧靜海

宅男宅女

想妳的時候是門窗
不想妳的時候是廢墟

〈開〉

■語凡‧新加坡

飲食男女

想妳的時候是廢墟
不想妳的時候是門窗

〈吾愛〉

■林錦成

其實你沒有離開

那是我的一處廢墟
儲存荒涼，累積利息

——選自2019年7月31日～8月2日facebook詩論壇

【截句雅和集創：傷口篇】

（按發表序）

〈傷口〉

■林廣

他一直以為我是一隻不會飛也不唱歌的夜鶯

〈痂〉

■無花

我一直以為他是一枝不會綻放也不會凋謝的薔薇

〈傷口〉

■玉香

我一直以為他是一本佈滿灰塵的歷史課本

〈傷口1〉

■顏信如

我一直以為他是一顆不會萌芽也不會死去的種子

〈傷口2〉

■顏信如

他一直以為我是一道不會動也不會消逝的風景

　　　　　　　　——選自2021年2月25日facebook詩論壇

【編後】
〈定格中的疊影〉
──淺談facebook詩論壇截句雅和

漫漁

　　2017年夏天加入吹鼓吹詩論壇，就和截句結緣，從《魚跳：2018臉書截句300首》，到《不枯萎的鐘聲：2019臉書截句選》，記錄了這幾年我個人以及同時期詩友在截句園地的耕耘和成長。截句的的精神在於「簡潔、直接、自由」，一般以為四行以內的詩容易經營，其實要做到言簡意深，意猶未盡，也需要功夫和巧思。白靈老師在吹鼓吹詩論壇大力推動截句創作的發展，所建立的寫詩活動讓我們看到截句不同的面向和各種可能性，「小說截句」、「電影截句」、「春之截句」、「禪之截句」、「攝影截句」、「讀報截句」、「茶之截句」等競寫，帶著大家從生活細節裡萃取對人事物的觀想和體悟，對於無論是當時剛開始創作新詩的我，或是原本善於經營中長詩想嘗試短詩的寫手，都是一個很好的磨筆機會。

　　雅和，是詩人表達對某一首作品的欣賞和有感而發的後續創作。如何做到「雅」以及「和」，都是學問，尤

其是後者，無論是同題創作，或是新闢主題延伸，要能抓準火苗，再燃起一堆意象旺盛的篝火，對於寫詩功力是一個考驗。吹鼓吹詩論壇舉辦的2021年第一回合截句雅和競寫，參加者踴躍，一個月的競賽期間，共計722首參賽。個人觀察到一個現象，有不少詩友的作品比較類似「仿作」，而非「雅和」。仿作即是使用原詩的格式做框架，再「填入」或「代換」自己的詞句。這裡要說的是，並非不能使用類似原作的格式，畢竟這也是一種和詩，但要能和得高明，必須要有自己的精神和哲思，才不會讓雅和的詩流於空有框架沒有靈魂的仿作。而第二回合的截句雅和競賽，上述的現象大幅減少，顯示眾詩友在參與的過程中探索到截句雅和的真正意義，這就是活動成功之處。

　　雅和是美的創作，也是一種良性的互動。身為詩論壇截句雅和的參與者、觀察員、後來的評審、到本書編者，我欣喜見到許多詩人的互相提攜，誠懇建言，與惺惺相惜，而各人在詩領域的發展與成就也是眾人的同喜，寫詩的道路有時是黑暗孤獨的，而這些美好的星光火花，成為最佳的鼓勵和動力。

——寫於臺北，2021.07.01

【編者簡介】

漫漁，臺北市人，輔仁大學畢業後赴英美研讀語言學，曾長居香港，從事語文教學之餘務農和寫詩。現任臺灣詩學同仁，野薑花詩社同仁及版主。曾多次入選吹鼓吹詩論壇截句競寫優勝和佳作，2020年獲得第六屆臺灣詩學散文詩創作首獎。

【附錄】截句雅和競寫說明

在【facebook詩論壇】發起「截句雅和」競寫徵件，依序為：

第一回合截句雅和——2021年2月2日起～至3月3日止，稿件共722首。

第二回合截句雅和——2021年5月5日起～至6月6日止，稿件共466首。

說明：

一、兩個回合的競寫均由為臺灣詩學季刊社主辦，吹鼓吹詩論壇合辦facebook詩論壇策劃。

二、截句雅和的參賽作品需同步提供被雅和的截句詩，被雅和的截句需曾經發表於facebook詩論壇；若被雅和的詩句非來自facebook詩論壇的作品，則需取得原作者同意授權，或以網址超連結作品網頁檔，以便參賽或入選獲獎後一併刊登。

三、詩作的命題可以與原作品相同，亦可以自行命題，兩首截句之間要有關連性為佳。

語言文學類　截句詩系45　PG2663

斷章的另一種可能
——截句雅和詩選

主　　編 / 寧靜海、漫漁
責任編輯 / 石書豪
圖文排版 / 蔡忠翰
封面設計 / 蔡瑋筠

發 行 人 / 宋政坤
法律顧問 / 毛國樑　律師
出版發行 / 秀威資訊科技股份有限公司
　　　　　114台北市內湖區瑞光路76巷65號1樓
　　　　　電話：+886-2-2796-3638　傳真：+886-2-2796-1377
　　　　　http://www.showwe.com.tw
劃撥帳號 / 19563868　戶名：秀威資訊科技股份有限公司
　　　　　讀者服務信箱：service@showwe.com.tw
展售門市 / 國家書店（松江門市）
　　　　　104台北市中山區松江路209號1樓
　　　　　電話：+886-2-2518-0207　傳真：+886-2-2518-0778
網路訂購 / 秀威網路書店：https://store.showwe.tw
　　　　　國家網路書店：https://www.govbooks.com.tw

2021年12月　BOD一版
定價：410元
版權所有　翻印必究
本書如有缺頁、破損或裝訂錯誤，請寄回更換

讀者回函卡

國家圖書館出版品預行編目

斷章的另一種可能——截句雅和詩選 / 寧靜海, 漫
　漁主編. -- 一版. -- 臺北市：秀威資訊科技
　股份有限公司, 2021.12
　　　面；　公分. -- (語言文學類 ; PG2663) (截句詩
系 ; 45)
　BOD版
　ISBN 978-986-326-995-3(平裝)

863.51　　　　　　　　　　　　110017746